Pressestimmen

Ein schonungsloser und eisiger Thriller.
Le Monde über *AlpTraumTerror*

Jede, wirklich jede dieser Geschichten verdient den Preis, den der Regisseur für sie ausgibt. (...) Sprachakrobatik ohne Fallnetz ist das. Das Besondere im Allgemeinen, das Prinzipielle im Außerordentlichen.
Süddeutsche Zeitung über *Letzte Obsession*

Doch sein „Logbuch eines Dichters", das er nach Kriterien wie die Einsamen, die Getriebenen, die Demütigen *oder* die Hoffnungsvollen *unterteilt, ist keine strenge Dokumentation. Vielmehr sind es künstlerische Verdichtungen.*
Fokus über *Nachtfahrten*

Silvo Lahtela

Die eigene Stimme ist die fremde

Novelle

Bibliografische Information der Deutschen Nationalbibliothek: Die
Deutsche Nationalbibliothek verzeichnet diese Publikation in der
Deutschen Nationalbibliografie; detaillierte bibliografische Daten
sind im Internet über **dnb.dnb.de** abrufbar.

© 2023 Silvo Lahtela
Foto Cover: Claudia Richarz
Cover-Yogi: Sam Silversides
Coverdesign: Topsushi
Herstellung und Verlag:
BoD – Books on Demand, Norderstedt

ISBN: 9783757807795

Die eigene Stimme ist die fremde

eine **o**rganic **l**anguage unknown TM

Veröffentlichung

Das Bewußtsein läßt sich dressieren wie ein Papagei, nicht aber das Unbewußte.

C.G. Jung
Psychologie und Alchemie

1

Vor Andreas Santti auf dem Küchentisch lagen drei aufgerissene Packungen von geräuchertem „Sockeye" Wildlachs aus Kanada. Er stopfte sich die letzte ölige, rötliche Scheibe in den Mund und hatte damit innerhalb weniger Minuten ein knappes Pfund Fisch hinuntergeschlungen. Nach dieser Art von Nahrung war sein Körper derart ausgehungert, daß er auf jede kulinarische Verfeinerung mit Zitrone, Pfeffer oder Wasabi verzichtet hatte. Bissen für Bissen dieser einfachen Speise durchströmte ihn eine unglaubliche Befriedigung, als würde er auf ursprünglicher, amöbenhafter Zellebene gesättigt werden. Zu dem körperlichen Hochgefühl gesellte sich eine auch geistig wie erlöste und aufgeputschte Stimmung, denn mit diesem Snack endete seine zweijährige vegane Askese; für immer, das wußte er.

Auch eine andere Geschichte endete zeitgleich vor seinen Augen. Seine gerade zur unwiderruflichen Exfreundin mutierende Freundin Lena stand im Flur, sie hatte ihre zusammengesuchten Sachen aus seiner Wohnung hastig in ihre Tasche gestopft. Ihr zierlicher Körper vibrierte vor Wut und Enttäuschung, mit verzerrten Gesichtszügen schrie sie ihn an: „Vielleicht bist du nicht so erleuchtet, wie du denkst! Ich werde niemals mit jemandem Kinder haben, der Tiere ißt!" Voller Verachtung warf sie einen letzten Blick auf ihn, schmiß den Schlüssel der Wohnung auf den Boden und schlug die Tür krachend von außen zu.

Andreas zuckte kaum mit den Wimpern bei diesem Ausbruch, der das Ende der Beziehung markierte. Seine äußere Ruhe war nicht gespielt; den Räucherlachs zu essen, fühlte sich für ihn in diesem Augenblick so natürlich an wie atmen. Wenn er auf dieser instinktiven Ebene von Lena nicht akzeptiert wurde, war jedes weitere Wort sinnlos. Zudem erkannte er mit intuitiver Tiefenschärfe, einer ziemlich herzzerreißenden Eingebung gleich, daß diese Frau, mit der er seit über einem Jahr zusammen war, nur in ein Gemälde von ihm verliebt war, aber ihn jenseits des selbstgemachten Bildes überhaupt nicht sah. Wortwörtlich zu verstehen: Sie hatte ihn zwar verächtlich angesehen, aber was sie ansah, war nur in ihrem Kopf, in ihrer Vorstellung. Sie hätte genauso gut in den Spiegel schauen können, er existierte praktisch gar nicht für sie. Er realisierte diesen feinen, aber entscheidenden Unterschied zwischen echter Zuneigung und echtem Liebeswahn in extrem ernüchternden Zehntelsekunden.

Solange er für sie der coole und vegane Yogalehrer gewesen war, der die Welt bewußtseinsmäßig und körperlich beherrschte, war er nicht nur ihr Liebster, sondern ohne jede Ironie auch eine Art Guru gewesen. Als dieses Ideal im Alltag zu verschwimmen begann, also realistische Risse bekam — spätestens heute, wo er sich gierig wie ein ausgehungerter Bär mit Lachs vollstopfte —, verschwamm auch sofort sein Wert als Partner für sie. Hingabe verwandelte sich in Ablehnung; wie selbstgemachte Mayonnaise, die plötzlich gerann und nicht mehr zu retten war.

Daß natürlich auch er psychisch zutiefst gestört sein mußte, überhaupt nicht mit sich selbst identisch sein konnte, wenn er sich derart zum lebensfernen Idol hatte machen lassen, ahnte er. Sein plötzlicher Ekel, als sein Blick jetzt auf die hellbraunen getrockneten Sojafladen im Regal fiel — die vegane

Version von „Steaks" –, galt weniger dem faden Geschmack als der Künstlichkeit dieses Lebensmittels und bestätigte seine Selbstzweifel. Wenn er sich zwei Jahre lang eingebildet hatte, industriell texturiertes Sojaprotein sei eine natürliche Ernährung für Menschen, dann hatte er den authentischen Lebensfaden offenbar völlig verloren, – oder vielleicht sogar nie in der Hand gehabt.

Zudem vollzog sich auf der körperlichen Ebene eine zerstörerische und unheimliche Parallele zu seiner ruinierten Beziehung, die ihn extrem beunruhigte und den natürlichen Trennungsschmerz – wenigstens als Bild geliebt zu werden, ist manchmal immer noch besser als überhaupt nicht – überlagerte. Andreas fühlte mit der Zunge oben an seinen Zähnen: Dort, wo noch vor einem Monat die Eckzähne im Kiefer verwurzelt waren, steckte nun links ein provisorischer, mit Drahtklammern befestigter „Clip", während sich rechts eine kraterähnliche Lücke zeigte, eine frisch zugenähte Wunde. Die beiden fehlenden Zähne waren ihm im kurzen Abstand gezogen worden, der letzte heute Morgen. Sie waren irgendwann unbemerkt längs gebrochen und dann mit der Zeit, als es zu schmerzen anfing, schon unrettbar verfault.

Er hatte bisher nie große Probleme mit seinen Zähnen gehabt und plötzlich war er aus heiterem Himmel reif für zwei Implantate. Auch sein langjähriger Zahnarzt – ein Mann Mitte fünfzig, der nicht nur an Gebissen herumbohrte, sondern einen in seiner Branche seltenen ganzheitlichen Ansatz verfolgte und den Zustand der Zähne als symptomatisch für Gesundheit überhaupt ansah – war überrascht über diesen dentalen Doppelverlust, der offensichtlich nicht durch äußere Einwirkung zustande gekommen war. Andreas war ja Yogalehrer, kein Türsteher oder Eishockeyspieler.

Als er vorhin auf dem Praxisstuhl gelegen hatte, die blut-
bespritzte grüne Papierschürze vor der Brust, den zweiten,
schwarzverfaulten und frisch gezogenen Zahn vor Augen,
hatte der Arzt ihn gefragt, ob er in letzter Zeit seine Essge-
wohnheiten verändert habe. „Ich bin seit gut zwei Jahren Veganer", war seine wahrheitsgemäße Antwort gewesen.

Der Zahnarzt hatte ein nachdenkliches Gesicht gemacht.
„Ich will Ihnen keinen großen Vortrag halten, wird ja auch
nicht von der Kasse bezahlt, über Ernährung und Zahn-
gesundheit. Aber es ist durchaus möglich, daß beispielsweise
ein eventueller Kalziummangel – in Milchprodukten, Fleisch-
brühen ist viel Kalzium – derart ausgeglichen wird, daß der
Körper dieses benötigte Mineral aus dem Zahn zieht, der dann
zerbröselt. Ist nur eine spontane Vermutung, aber eine nahelie-
gende. – Ich weiß, vegan ist große Mode gerade, aber Sie
können gesundheitlich in Teufels Küche damit landen! Hat
schon einen Grund, warum es bisher keine einzige vegane
Kultur in der Geschichte der Menschheit gab. Unsere Vor-
fahren waren ja nicht nur blöde und sadistische Tierquäler.
Googeln Sie Weston Price, ein Kollege von mir aus dem letzten Jahrhundert. Hat einiges zum Thema Zahn und Ernährung
zu sagen! Im Wesentlichen dieses: Solange die Menschen sich
traditionell ernährten, ob als Eskimo oder als Massai oder als
Schweizer Bergbauer, hatten sie Superzähne und waren gesund
und schön. Fingen sie mit der industriellen Zivilisationskost an,
damals Brot und Konserven, heute vielleicht Tofu und Fertig-
gerichte, kamen Karies und alle möglichen Krankheiten. – Jetzt
hab ich Ihnen doch einen Vortrag gehalten!" Er lächelte und
zeigte dabei blendend weiße, vermutlich gebleachte Zähne.

Mit seinem lädierten Gebiß auf dem Zahnarztstuhl liegend
fühlte Andreas sich zu keiner argumentativen Entgegnung
fähig. Er war wie so viele andere deswegen Veganer geworden,

weil er vor dem Elend der industriellen Massentierhaltung nicht mehr wegschauen konnte. Der letzte Auslöser war ein leicht verwackeltes, aber dafür um so authentischeres Smartphone-Video im Internet gewesen; das ein lebend gehäutetes und brüllendes Rind zeigte, das am Deckenhaken durch die Halle eines Schlachthofes gezogen wurde. Um dann irgendwann in mundgerechte Stücke plastikverschweißt in der Kühltheke eines Supermarktes zu landen. Diese Szene hatte ihn nicht nur entsetzt, sondern ernährungsmäßig traumatisiert. Er wollte mit einem solchen Lebensstil, der auf technisch gesteuerter Massentötung beruhte, bewußtlose Grausamkeit und totale Entwürdigung des Lebens inklusive, nichts mehr zu tun haben, gar nichts.

Diese Haltung hatte perfekt zum boomenden Veganismus innerhalb der Yogaszene gepaßt. Mit Tofuwürfeln, Algenstreifen, Getreidekörnern schien sich auf einfache Weise „Ahimsa" – hinduistischer Ausdruck für Gewaltlosigkeit – im Alltag praktizieren zu lassen und dabei auch noch an Geist und Körper zu gesunden. Stand Andreas mit einem frisch gemixten grünen Smoothie aus Ananas und Papaya, Babyspinat und Rukola, manchmal mit ein paar Wildkräutern und Chiasamen als Zugabe, in der Küche seiner Schule, verkörperte er dieses Ideal durch und durch. Muskulös, aber schlank, markante, doch harmonisch ebenmäßige Gesichtszüge, einen Studien zufolge von Frauen bei Männern besonders geschätzten Körperfettanteil von um die zwölf Prozent; und ein warmherziges Lächeln, ein aufmunterndes Wort bei Bedarf für jeden seiner Schüler. Sich als Frau in ihn zu verlieben oder als Mann ihn zu beneiden – oder umgekehrt –, war relativ leicht, das wußte er selbst.

Andererseits waren sichtbare körperliche Fitness und kommunizierter geistiger Durchblick die beruflichen Mindestvoraussetzungen für einen Yogalehrer in einer großen Stadt wie Berlin, wo die Konkurrenz nicht schlief. Mit selbst nur kleinen Speckringen um die Hüfte oder auch nur den leisesten Zweifeln am Sinn des Ganzen, hatte man im Yogabusiness keine Chance auf eine echte Karriere. Denn die zahlenden Schüler suchten ja eben genau die perfekte Vereinigung von Körper und Geist, verkörpert und verwirklicht als Ideal im Lehrer.

Eine unausgesprochene, aber umso wirksamere Erwartungshaltung, die einen brutalen Selektionsdruck auf jeden Leiter eines Yogastudios ausübte. Um ohne Wampe und ohne Depression, ohne große innere oder äußere Makel das immer-entspannte und von den Schülern oft verzweifelt angestrebte spirituelle Leben als fleischgewordene Erscheinung zu präsentieren, war eine extreme Selbstdisziplin nötig. Niemand wurde mit einem austrainierten Körper geboren oder bekam ihn im Schlaf. Jenseits des Unterrichts sechs Mal die Woche bis zu zwei Stunden lang für sich selbst intensiv Yoga zu praktizieren, war für Andreas Routine wie Zähneputzen.

So war auch der Grund, warum er weder Alkohol noch andere Drogen konsumierte, in der Hauptsache die Angst vor Kontrollverlust. Würde er mit seinen Schülern und Schülerinnen nach der Stunde noch etwas trinken gehen, wie bei anderen Leibesübungen nicht unüblich, konnte schnell, wenn man kein trainierter Säufer war, das Verdrängte und Unbewußte dämonisch die Gegenwart verdunkeln. Und ihn vermutlich Dinge sagen lassen, die er sonst nur denken, auf jeden Fall für sich behalten würde. Wie etwa: „Vergiß Ashtanga Yoga, du bist dafür zu faul! Ein, zwei Mal die Woche, das wird so nichts!" Es wäre zwar die Wahrheit, aber ein so angesprochener Schüler würde seinen Dauerauftrag kündigen, und er könnte nach ein paar weiteren „Bargesprächen" wahrscheinlich sein Studio dichtmachen.

Statt auf diese schroffe Weise drückte er den gleichen Sachverhalt im realen Leben freundlich und durch die Blume aus: „Jede Stunde zählt, selbst wenn du nur in Gedanken die Matte ausrollst. Ein bißchen Praxis ist immer noch besser als gar nichts!" Was zwar stimmte, aber eher im akademischen Sinn, denn natürlich finden beeindruckende Entwicklungen niemals statt, wenn man nur halbherzig bei der Sache ist. Welcher auch immer.

Unabhängig von solchen praktischen Erwägungen waren ihm als Kind von alkoholabhängigen Eltern die Schattenseiten von plötzlich enthemmten Menschen seelisch viel zu vertraut und zu verhasst. So hatte er als Junge beispielsweise seinen Vater lallend auf allen vieren um Mitternacht vor dem Kühlschrank herumkrauchen sehen, ein weiteres Bier herausholend. Dabei alle Welt, aber speziell ihn, seinen Sohn, verfluchend, daß es doch besser wäre, er wäre nie geboren worden. Yoga war so gesehen für Andreas auch ein Schutzwall vor solchen erschreckenden Verwandlungen, nicht nur vor dem körperlichen, sondern vor dem immer möglichen seelischen Zerfall.

Aber auch die bisher heile vegane Yogawelt zeigte plötzlich eine unappetitliche Schimmelbildung, holte ihn angesichts des zweiten extrahierten Zahns die ungeschminkte und unperfekte Wirklichkeit am eigenen Körper ein. Wenn ihm seine Zähne ausfielen – wie Glühbirnen, die eine nach der anderen durchknallten –, dann hatte er auch ohne die mahnenden Worte des Arztes schon auf dem Behandlungsstuhl gewußt, daß seine veganen Tage gezählt waren. Schlagartig war ihm klar geworden, daß die Evolution auch beim Essen als ziemlich humorloser Gast mit am Tisch saß; und auch im 21. Jahrhundert gnadenlos ausselektierte, was nicht funktionierte. Diäten genauso wie Liebschaften.

Seine seltsam ungewohnte Mattigkeit, die ihn seit mehreren Monaten manchmal befiel, machte als Symptom von fehlenden Nährstoffen plötzlich erschreckenden Sinn. Es fehlten ja möglicherweise nicht nur simple tierische Fette und Eiweiße, sondern auch die oft unbekannten, aber in traditioneller „omnivorer" Ernährung integrierten Vitamine, Mineralien, Spurenelemente. Wie in allen anderen Lebensbereichen schien das ursprüngliche „Ganze", ein ganzer Fisch beispielsweise, vermutlich auch in der Ernährung mehr als die Summe seiner chemisch zerlegten Einzelteile zu sein.

In seiner jetzt einsam anmutenden Wohnung mischte sich der noch leicht brennende Wundschmerz des gezogenen Zahnes seltsam mit dem seelischen Schmerz über die verlorene Freundin. Diese melancholische Stimmung hielt allerdings nicht lange an, denn ihm drängte sich ein neues Problem auf, das sein Leben nicht nur körperlich und privat, sondern beruflich und finanziell untergraben konnte: Am kommenden Wochenende würde er in seiner Schule einen Yogaworkshop leiten, aber im Internet und auf Flyern hatte er diesen Ashtanga-Einführungskurs mit „köstlicher veganer Vollverpflegung" beworben. Die meisten der bisher angemeldeten 20 Teilnehmer hatten die happigen Kosten für Kurs und eben Essen schon bezahlt. Und er selbst hatte bereits säckeweise Getreide und Trockensoja eingekauft.

Ihn ekelten aber im Augenblick sogar die kleinsten Assoziationen an vegane Küche derart an, daß er die Veranstaltung eher canceln würde als es zu ertragen, daß in seiner Gegenwart „Spaghetti alla bolognese" mit Tofukrümeln, „Filetsteaks" aus Weizengluten, „Eiersalat" aus Kichererbsenpüree serviert werden würde. Sein totaler Ekel vor diesen Ersatzprodukten, der sich im Unbewußten monatelang angestaut haben mußte und jetzt wie ein diätetischer Tsunami durchbrach, stand im krassen Gegensatz zur Vernunft. Würde er einfach den Workshop halten, mit veganer Küche wie versprochen und bezahlt, wären alle zufrieden; später könnte er dann immer noch seinen Ernährungswandel in der kleinen Yogawelt öffentlich machen, diskret und in Ruhe.

Stattdessen wußte er, daß genau diese vernünftige Variante, die sowohl sein cooles Image bewahrte als auch die Erwartungen der Teilnehmer erfüllte, ihm unmöglich sein würde. Sein frischer Abscheu etwa allein schon vor dem Wort „Tofu" war ja keine Kopfgeburt, sondern kam aus den tiefsten Eingeweiden. Dort, wo der echte Mensch hauste, der sich im Zweifel nicht mit schlauen oder gutgemeinten Worten bequatschen ließ. Somit hatte er jetzt ein akutes und ernstes Problem und nicht die geringste Ahnung, wie es zu lösen war.

Aber dieser berufliche Streß wurde, genauso wie der Verlust von Zähnen und Freundin, völlig in den Schatten gestellt durch den erkenntnismäßigen, eigentlich religiösen Schock, den er weder verdrängen konnte noch wollte: Um selbst zu überleben, mußte anderes Leben getötet werden. Auch Räucherlachs wuchs ja nicht friedlich auf Bäumen. Er hatte als Junge, Jahrzehnte vor seiner veganen Periode, manchmal mit seinem finnischen Vater geangelt und zahllos gefangene und zappelnde Fische noch auf dem Boot mit der stumpfen Seite seines Lapplandmessers erschlagen; und sofort danach ihnen den Bauch aufgeschnitten und die Eingeweide ausgenommen. An seinen kindlichen Händen hatte jede Menge Fischblut geklebt, – er konnte sich sogar immer noch an den ihn anstarrenden Blick eines jungen Hechts erinnern, bevor er ihn erschlug. Es war kein Sport oder Spaß gewesen, sondern damit sie am Abend in den menschenleeren finnischen Wäldern etwas zu essen hatten. Damals hatte er nicht darüber nachgedacht, über Tod und Leben, töten, um zu essen, sondern einfach seinen Vater imitiert.

Jetzt war er zwar alt genug, diesem Zusammenhang bewußt in die Augen zu blicken und ihn nicht nur unbewußt zu spüren wie damals als Kind. Aber Töten stand in einem absoluten Gegensatz zu seinem in Gewaltlosigkeit wurzelndem Yoga-Denken: Achtsamkeit allen Wesen gegenüber. „Ahimsa" oder wie immer man es auch ohne Sanskrit nennen wollte. Es ging ja nicht darum, blumig und esoterisch den „Tod zu akzeptieren". Das war vergleichsweise eine leichte Übung, sondern am Ende darum, selbst zu töten oder töten zu lassen, um selbst zu leben. Sogar die unschuldige und alltägliche Begrüßung unter Yogis: „Namaste" – „Ich verbeuge mich vor dir" –, schien ihm vor diesem Hintergrund plötzlich wie eine reine Schönwetter-Geste, die der rohen Wirklichkeit kaum gewachsen war.

Andreas hatte das Gefühl, in einen menschlichen Abgrund zu schauen, der ihn benommen und schwindlig machte. Weder mit Grübeln noch mit einfach weiter so Yoga praktizieren, würde er weiterkommen. Er war in einer Sackgasse seines Lebens gelandet, innerlich zerrissen und zerspalten von Problemen und Gedanken. Er fühlte sich hoffnungslos überfordert und schloß am Küchentisch die Augen, sich fragend, was genau er jetzt konkret machen sollte?!

Sein plötzlicher Impuls war, sich sofort in sein Auto zu setzen und ans nächste Meer zu fahren. Es war Dienstag, der Workshop begann am Freitagmorgen. Bis dahin sollte sich sein Chaos im Kopf und Herzen hoffentlich geklärt haben. Ohne Zögern stand er vom Küchentisch auf, packte schnell und spontan ein paar Sachen in seine Umhängetasche – Reiseschlafsack, Handtuch, Badehose – und verließ die Wohnung. Die Ostsee war nur wenige Stunden von Berlin entfernt.

2

Gegen Mitternacht bog er von der Landstraße, die entlang des Naturschutzgebietes vom Darßwald verlief, auf einen dunklen kleinen Parkplatz ab. Obwohl noch nie hier gewesen, fühlte er sich – im Kontrast zu seinem inneren Chaos –, zumindest äußerlich nicht orientierungslos. Mit dem *iPhone* hatte er vor dem Losfahren aus Berlin „schöner Ostseestrand" gegoogelt; sich dann für die „wilde" Darßer Westküste entschieden und sich der Obhut seiner Navigationsapp anvertraut. Das Internet lieferte zwar in Blitzgeschwindigkeit Informationen zu allem und jedem, sei es als gigantische Gerüchteküche oder als Wissensreservoir der Menschheit, vom letzten Schwachsinn bis zur höchsten Erkenntnis, aber es brachte keine wirklichen Erlebnisse. Da er diesen Unterschied zwischen Erfahrung und Information schon lange verinnerlicht hatte, unterlag er weder der Versuchung, das virtuelle Netz zu verherrlichen noch es zu dämonisieren. Es war einfach ein weiteres menschengemachtes Medium, eine Weiterentwicklung der Höhlenmalerei sozusagen, aber keine göttliche Offenbarung oder der Weisheit letzter Schluß.

Er machte sich auf den ein paar Kilometer langen Weg zum Strand durch den dunklen Wald. Die plötzliche Finsternis war zwar unheimlich und für einen jahrelangen Großstädter ungewohnt, aber die Chance sich zu verirren, war, solange jedenfalls der Akku seines Smartphones durchhielt, eher gering. Er hatte die Navigation auf „Fußgänger" umgeschaltet und folgt dem angezeigten Waldpfad. Manchmal schaute ein Halbmond hinter ziehenden Wolken kurz hervor und sorgte für ein wenig Dämmerlicht. Und erinnerte ihn daran, es daß eine Yoga Haltung gab, die eben der „Halbmond" hieß: Ardha Chandrasana. Was ihn kurz aufmunterte; immerhin übte er einen Job aus, der auf uralten Bildern, uralten Wirklichkeiten beruhte. Ganz so verkehrt konnte sein Leben dann doch nicht sein, dachte er.

Die Kiefern wurden weniger, die Luft frischer. Als er die ersten Dünen erreichte und das dunkelgraue Meer zuerst Anbranden hörte und es dann im Mondlicht sah, durchströmte ihn ein Gefühl der Befreiung: Er war genau am richtigen Ort, im Moment gab es keinen besseren auf der Welt für ihn. Die sofort überwältigende Weite des Meeres spülte den alltäglichen Mief aus kleinlichen Ängsten und Sorgen aus seinem Bewußtsein fort. Was immer ihm hier in den Sinn kommen würde, es würde das Siegel des Authentischen tragen, das sich nicht ausdenken ließ, das zumindest schien ihm gewiß. Er lief den breiten Strand entlang, an Ästen und Stämmen entwurzelter Bäume vorbei. An einer Düne rollte er zwischen Sand und Grasbüscheln seinen Schlafsack aus und legte sich hinein.

Zahnextraktion am Morgen, Beziehungsende am Abend, dazwischen das erste Mal seit zwei Jahren wieder echter Fisch statt pflanzliches Imitat aus Algen, und jetzt Ostsee statt Großstadt in der Nacht; – er wunderte sich nicht, daß er plötzlich todmüde war. Da er schon während der Autofahrt die Unterrichtsvertretung für seine Yogaschule organisiert hatte, gab es für die kommenden Tage keine realen Verpflichtungen. Er schaltete sein Smartphone auf lautlos und schlief auf der Stelle ein.

Er brauchte am nächsten, sonnigen Morgen eine Weile, um zu verstehen, daß die seltsam verschiedenfarbigen Augen, eines braun, das andere blau, die ihn von ganz nah anschauten, keinem Traum gehörten, sondern einem Husky mit grau-weißem Fell, dessen feuchte schwarze Nase freundlich sein Gesicht beschnupperte. Dann rannte der Hund wieder davon, von einer Frauenstimme weiter weg gerufen. ‚Wow!', dachte er, – was für ein ungewöhnlicher Start in den Tag.

Er stieg aus dem Schlafsack, zog die Badeshorts an und trat aus dem Sichtschutz der Dünen auf den Strand. Hundert Meter entfernt hockte eine kleine Gruppe um ein Zelt, das er nachts gar nicht bemerkt hatte. Zwei Männer jammten ent-spannt mit ihren akustischen Gitarren, eine Frau spielte mit dem Husky herum. Ansonsten war es bis auf ein paar Spazier-gänger in der Ferne angenehm menschenleer.

Er testete mit seinen Zehen das Wasser, die Ostsee war im Frühsommer immer noch eiskalt. Er lief trotzdem entschlos-sen in die anbrandenden Wellen, einen erfrischenden Kuß vom salzigen Meer gab es schließlich nicht oft für ihn. Nach einem kurzen und eisigen Bad begann er am Strand, wo der Sand etwas fester war, mit Yogaübungen. Er fing mit dem klassi-schen Sonnengruß an, der sofort seinen Körper wieder auf-wärmte. Statt wie sonst meistens eine der üblichen „Serien" des Ashtanga Yoga zu praktizieren, schulmäßig genau festge-legte Folgen von Haltungen und fließenden Übergängen dazwischen, improvisierte er diesmal und ließ sich von einer Asana intuitiv in die nächste treiben. Was für eingefleischte „Ashtangis" untypisch war, da sie, ähnlich wie klassische Musi-ker eher nach Noten, seien es auch die schwierigsten, spielten, also traditionellen Vorgaben folgten und nicht zu jazzigen Frei-heiten neigten. Erfahrene Yogis hätten gerade in dieser ver-spielten Herangehensweise von Andreas den Ausdruck einer rebellischen Krise sehen können.

Seine ziemlich akrobatische Show hatte nach kurzer Zeit das Interesse der Frau aus der Musikergruppe geweckt. Sie hatte sich in der Nähe in den Sand gehockt, dabei einen höflichen Abstand wahrend und beobachtete ihn. Er befand sich im Augenblick in der „Pfauenfeder"; eine Pose, wo man sich mit den Ellbogen am Boden abstützt, während der Körper kerzengerade in die Höhe ragt, ohne allerdings mit dem Kopf wie beim Kopfstand den Boden zu berühren. Von dort aus wechselte er gleitend in die nächste Haltung, indem er seine gestreckten Beine weiter nach vorn beugte und so eine Krümmung erzeugte, die an den stoßbereiten Stachel eines Skorpions erinnerte; nach welchem Tier diese Asana im Yoga auch benannt war, der Tradition gemäß auf Sanskrit: „Vrischikasana". Dann ließ er seine Füße weiter vorwärts Richtung Erde sinken, während er sich gleichzeitig mit den Händen nach oben stemmte, so daß Beine, Rücken und Arme einen Halbkreis über dem Boden bildeten: Urdhva Danurasana, „das Rad". Aus dieser tiefen Rückbeuge zog er sich nach einigen verweilenden Atemzügen mühelos in den aufrechten Stand hoch. Er bemerkte jetzt die Frau, zu der sich auch wieder der Husky gesellt hatte.

Sie war um die dreißig Jahre alt, schlank; berufsbedingt realisierte Andreas automatisch ihre auch im Sitzen gute, also aufrechte Körperhaltung, was zumindest eine trainierte Rückenmuskulatur voraussetzte. Ihr dunkles langes Haar war naß, auch sie hatte offenbar ein Bad in der kalten Ostsee genommen. Keine nur in Bildschirme starrende Stubenhockerin offensichtlich. Sie wirkte sofort auf ihn natürlich und unverstellt. Sie zwinkerte ihm lächelnd zu; daß sich dabei ihr oberes Zahnfleisch zeigte, sozusagen ein Teil ihres inneren Körpers sichtbar wurde, paßte irgendwie auch.

Sie fragte: „Is it okay, that I, or we" – sie machte eine Geste zum Hund – „are sitting here?!" Er erwiderte ihr Lächeln und nickte. In der international orientierten Yogaszene war Englisch praktisch Umgangssprache und so hörte Andreas den französischen Akzent sofort heraus. Der für seine Ohren immer ein bißchen mit der englischen Sprache fremdelte, so als würde das melodiöse Französisch seelisch nicht mit dem nüchternen Englisch warm werden können.

„I always wanted to learn headstand. Could you show me maybe how, some basics? You look like you know these things." Sie war sympathisch direkt und zudem hübsch. Er machte kurzentschlossen eine zustimmende und einladende Bewegung in ihre Richtung: „Okay! Why not!"

Sie rappelte sich vom Sand hoch und ging auf ihn zu. „Cool! – I'm Jeanne." Er nickte ihr lächelnd zu: „Andy."

Noch vor einem Monat, als er mit sich und dem Yoga spirituell im Reinen war, hätte er niemals zugestimmt, einem Yoga-Neuling als erstes Kopfstand beizubringen. Er hätte der Frau vermutlich höchstens den Sonnengruß gezeigt. „Sirsasana", der Kopfstand, kam im Ashtanga Yoga erst am Ende der Serie von Haltungen als Teil der Abschlußsequenz; schon aus praktischen Gründen, um den Körper vorzubereiten und das Risiko von Verletzungen zu minimieren. Und im höheren Sinn, der im Yoga allgegenwärtig war, setzte der Kopfstand als „König der Asanas" nicht nur Körperbeherrschung voraus, sondern spiegelte, gut ausgeführt, auch eine spirituelle Reife, die man nicht einfach so mit technischen Tricks überspringen konnte.

Aber mit seiner endgültigen Abkehr von der veganen Ernährung, und mit zwei Zähnen weniger, waren ihm im Augenblick alle irgendwie ideologisch angehauchten Aspekte prinzipiell verdächtig. Vegan war natürlich nicht identisch mit Yoga, aber die dahinter stehende Geisteshaltung: rein und ohne Schuld zu sein, vollkommen statt sündig, göttlich erleuchtet statt menschlich verblendet, – die schien ihm sehr ähnlich. Er selbst wollte wieder mehr Mensch und weniger Guru sein und hatte deswegen schon aus Trotz große Lust, einer Anfängerin ohne jede Vorbereitung Kopfstand zu zeigen. Er würde natürlich aufpassen, daß sie sich nicht dabei verletzte.

Er zeigte ihr zuerst in einer zeitlupenhaften Bewegung alle Stadien des Kopfstandes, vom ersten Knien auf den Boden, den Kopf im Sand, bis zum Ende, die Füße zum Himmel gestreckt. Dann begann er, mit ihr gemeinsam an der Haltung zu üben. Sie war eine begabte Schülerin, hatte auch die nötige Kraft und war konzentriert bei der Sache. Er zeigte und verbesserte ohne Worte, sie machte nach und korrigierte ihre Körperhaltung. Die erste Hürde, an der viele Anfänger zunächst scheiterten, schaffte sie schnell: Scheitel und Sohlen am Boden, mit ihrem Körper ein „V" bildend, die Hände hinter dem Kopf verschränkt, die Ellbogen abstützend im Sand, wanderte sie mit ihren Füßen immer weiter nach vorne; und konnte ihre Beine vom Boden lösen und dann eine Weile mit den gebeugten Beinen in der Luft balancieren.

„Beautiful!", kommentierte er. Sofort positives Feedback zu geben, war ihm als Yogalehrer in Fleisch und Blut übergegangen. Er wußte aus seiner eigenen Lehrzeit, wie aufbauend solche lobenden Worte wirken konnten und wie demotivierend es zumindest unbewußt war, wenn sie völlig ausblieben. – Ausstrecken konnte sie die Beine allerdings noch nicht, beim Versuch fiel sie lachend in sich zusammen in den Sand.

Er lächelte aufmunternd. „Don't think so much of your legs. Concentrate more on your foundation. And your core. Press your ellbows in the ground. But spread the shoulders. Feel yourself like a big grounded tree, centered and strong. Just upside down, thats the difficult part." Andreas lachte und zwinkerte ihr zu. „Like this!" Er ging noch einmal in einer eleganten Bewegung direkt in den Kopfstand. Dann spielte er mit seiner Beinstellung, hielt sie in verschiedenen Winkeln nach hinten, spreizte sie seitwärts. Dabei schaute er sie von unten an und sagte: „If your are really centered from the inside, you can do everything in a pose. You can even smile."

Er verlor seinen Fokus auf die Übung und lauschte plötzlich bewußt den beiden zu Jeanne gehörenden Gitarristen vor dem Zelt am Strand, die er im Hintergrund die ganze Zeit spielen gehört hatte; der eine schrammelte meistens einen swingenden Rhythmus, der andere improvisierte dazu. Aber das Stück, das sie jetzt spielten, „Minor Swing", das kannte er, das kannte vor allem sein Unbewußtes: Sein ganzer Körper fing unwillkürlich an zu zittern, er konnte die Balance nicht mehr halten und brach wie ein Kartenhaus in sich zusammen.

Er lag zusammengekrümmt auf der Seite und bewegte sich zunächst nicht. Wie in einem Alptraum wiederholten sich zwei eigentlich unabhängige Szenen aus ferner Vergangenheit vor seinem inneren Auge rasend schnell und ununterbrochen, ein Loop aus Angst und Schrecken. Die Blutlache und verspritztes Hirn um den zerborstenen Kopf seines Vaters auf den Saunadielen, gefolgt vom Bild seiner Mutter, die mit wütend verzerrtem Gesicht seine geliebte Gitarre an der Wand des Kinderzimmers zerschlug. „Spiel das nie wieder!", hatte sie geschrien. „Minor Swing", das Stück, das er noch Sekunden vorher geübt hatte.

Wobei das Bild von der Leiche eine Vorstellung aus zweiter oder sogar dritter Hand war, auf aufgeschnappten Erzählungen beruhte: Sein Vater hatte sich über tausend Kilometer weit weg in Finnland erschossen. Aber in einer Art geschockten Kurzschluß hatte seine kindliche Phantasie damals die Wirklichkeit insofern umgestaltet, als wäre er Augenzeuge des Selbstmordes gewesen. Und da er die Tatsache des Todes seines Vaters genau an jenem Tag aus dem Munde seiner Mutter erfahren hatte, kurz nach dem sie seine Gitarre zerschlagen hatte, hatten sich beide Begebenheiten im Unbewußten wie für immer ineinander verschränkt, fest zusammengeleimt durch „Minor Swing".

Jeanne hatte sich zu ihm gekniet und berührte ihn vorsichtig an der Schulter. „Hey! Are you okay?", fragte sie besorgt. Ihre Stimme klang anfangs wie aus weiter Ferne.

Er löste sich langsam aus seiner Erstarrung und setzte sich aufrecht hin. „Yes. No. Sorry, I didn't want to teach you that." Er lächelte schwach.

Sie schaute ihm in die Augen, wach und offen: „What happened, you passed out, for almost a minute?"

Er machte eine Geste Richtung Zelt. „The music. This music there, this Da-da-daaa-da-daa-da-daaa ... I have bad memories, really bad memories."

Sie summte sofort leise die Melodie von „Minor Swing", nicht nur wie er den Rhythmus, sondern die richtigen Töne treffend. Offenbar war sie sehr musikalisch. „This?!" Er nickte schwach, er spürte, wie ihm Tränen hochkamen. Er unterdrückte sie, er wandte sein Gesicht ab. „You can tell me, if you like!" Sie berührte ihn kurz mitfühlend am Arm.

Andreas zögerte; sein Image als cooler Yogalehrer war natürlich ruiniert. Im Kopfstand zu stürzen und fast zu schluchzen, das war eine bittere Pille für seinen Stolz. Es war kein technischer Ausrutscher, der jedem einmal passieren konnte; es war vor allem ein psychischer Absturz. So wie man vielleicht ernüchtert realisiert, daß man sich das Bein gebrochen hat und im Augenblick wirklich nicht mehr wie gewohnt weiterlaufen kann, so spürte er, daß seine Seele einen totalen Knacks hatte.

Andererseits vertraute er der unbekannten Frau menschlich sofort. Und vielleicht trug es ein bißchen zu seiner Ehrenrettung als Yogi bei, wenn er ihr erzählte, was ihn zum Fallen gebracht hatte. Oder es versuchte, ganz klar war es ihm selbst nicht. Denn daß die Nachricht vom Selbstmord seines Vaters ihn als neunjährigen Jungen geschockt hatte, daran erinnerte er sich. Aber daß am gleichen Tag seine betrunkene Mutter mit total irrem Blick und Haß in den Augen die Gitarre zerschlagen hatte, das war völlig aus seinem Bewußtsein verdrängt gewesen.

Er erzählte Jeanne in groben Zügen vom Selbstmord des Vaters und vom furienhaften Herumwüten seiner damals alkoholabhängigen Mutter. Und daß er seitdem keine Gitarre mehr angerührt hatte, überhaupt Musik nur noch passiv konsumierte.

„Poor you! – But why your mother smashed your guitar?"

„Weiß nicht." Er fiel kurz in seine Muttersprache, er hatte einen Kloß im Hals. „I don't know", wiederholte er.

Jeanne machte ein nachdenkliches und ernstes Gesicht. Sie sagte: „You should check it out! Really!" Dann hellte sich ihr Gesicht auf. „Wait, I have something for you!" Sie eilte zum Zelt.

Ein leichter Wind war aufgekommen, die Wellen der Ostsee wurden größer und unruhiger. Obwohl Andreas sich äußerlich gefangen hatte, wieder gleichmäßig und entspannt atmete, fühlte er sich innerlich immer aufgewühlter und fassungsloser. Natürlich war es für ihn als Jungen furchtbar gewesen, seinen Vater so früh verloren zu haben, ein traumatisches Erlebnis, keine Frage. Aber das im Suff fratzenhaft verzerrte Gesicht seiner Mutter war auf eine Weise noch viel furchtbarer gewesen. Ohne jedes Mitgefühl, wie besessen, mit kalten, vom Wahn und Alkohol glänzenden Augen war sie gewesen, als sie den Korpus der Gitarre, mit beiden Händen am Hals greifend, an der Wand zerschlug. Die Erinnerung an den Selbstmord seines Vaters hatte bisher wie ein schützender Vorhang dieses mindestens genauso große Entsetzen über die Verwandlung seiner geliebten Mutter verdeckt. Es war innerlich grauenhaft gewesen, ein real gewordener Alptraum, als hätte sich damals in der Gestalt seiner Mutter das Böse im Menschen offenbart. In religiösen Zeiten hätte man vielleicht von einer Begegnung mit dem Teufel gesprochen.

Dieses vergangene Entsetzen war wie eingefroren noch in ihm drin, völlig unerlöst, das spürte er. Ähnlich wie Viren, die nach erfolgreicher Infektion den Körper von innen her attackieren und am Ende zerstören können, gab es offenbar auch Erfahrungen, die das seelische Immunsystem nicht verarbeiten konnte und die das innere Gleichgewicht mehr oder weniger aushebelten. Und statt mit körperlichen den Menschen mit psychischen Verfall bedrohten. Wie auch immer, es gab in ihm offenbar einen Horror, der stärker als sein Yoga war; der ihn trotz all seiner Muskeln und Körperbeherrschung mit Leichtigkeit aus dem Kopfstand kegeln konnte.

Das war nicht die Klarheit, die er sich von seinem Ausflug ans Meer erhofft hatte. Im Gegenteil, er fühlte sich wie jemand, der sich ahnungslos immer tiefer in einem riesigen Wald verirrte; der in einen Dschungel geraten war, für den es schon deswegen keine Navigationsapp gab, weil es ein innerer, ein psychischer Dschungel war. Über den man selten redete, und den viele Leute nur im betrunkenen oder sonstwie berauschten Zustand kannten und betraten.

Jeanne kam zurück, ihre Haare waren jetzt getrocknet und wehten frei im Wind. „Voila!" Sie reichte ihm zwei geldschein-große Tickets. „For you, for your little lesson. I have a concert there, at this Thursday. Its in Leipzig, not very close, but anyway: you are welcome!"

Andreas war überrascht. „Oh, so you are a musician?" Sie lächelte: „I sing a bit, with my band."

Andreas nahm die Karten. „Thanks! I don't know yet, but I try to come!"

„Feel totally free. But check out this guitar-stuff with your mother!" Sie sah ihn mit ihren blauen Augen direkt und ernst an. Er erwiderte ihren Blick; in dieser wortlosen Kommunikation lang eine ganze Welt. Er spürte, daß sie seinen Sturz weder lustig noch lächerlich, sondern berührend gefunden hatte. Andreas bat sie, kurz zu warten; er ging zu seinem Schlafplatz in den Dünen und holte aus den Tiefen der Reisetasche einen zerknitterten Werbeflyer für seinen Yogaworkshop an diesem Wochenende heraus.

Er übergab ihr den Hochglanzflyer, goldgelb und rot bedruckt. „Well, if you, and your band – and your dog! – want to relax a bit. You are invited! It's in the heart of Berlin."

Jeanne lächelte überrascht. „Okay!" Er streckte ihr zum Abschied seine Hand hin. Eine für ihn seltene Geste; denn entweder umarmte er bei Begrüßungs- oder Abschiedsritualen Leute oder nickte ihnen zu. Aber sie war ihm für das Erste als äußere Person zu fremd und für das Zweite innerlich wieder zu nah. Es schien ihr genauso zu gehen; sie nahm seine Hand und drückte sie mit einem Lächeln.

3

Nach dieser Begegnung hatte er noch einen längerem Strand-spaziergang unternommen, befand sich jetzt aber wieder auf der Autobahn. Sein Ausflug ans Meer hatte eben das Ergebnis, daß es nicht die Zeit war, am Meer entlangzuwandern. Wenn er wissen wollte, was wirklich mit ihm los war, würde er seinen Blick statt in die weite Ferne in die nächste Nähe richten müssen, auf seine Familie; besonders, auch wenn ihm unwohl bei der Vorstellung wurde, auf seine Mutter.

So war er jetzt auf dem Weg nach Hamburg, wo sie als Anwältin lebte, spezialisiert auf Familienrecht. Was er lustig fand, weil sie selbst überhaupt kein Familienmensch war; und offenbar ihre psychische Unabhängigkeit mit beruflichem Inte-resse an zwischenmenschlichen Verstrickungen kompensierte. Er hatte sie live schon ein paar Jahre nicht gesehen, manchmal telefonierten sie. Ihre Beziehung war auf eine sachliche Weise herzlich, sie mischte sich nicht in sein Leben ein und auch er drängte sich weder mit erzählten Sorgen noch Leidenschaften auf.

Daß er sie jetzt spontan aufsuchen wollte, um von ihr zu erfahren, warum sie damals die Gitarre zerschlagen hatte, war eine neue Intensität an Gefühlen ihr gegenüber. Die ganze freundliche Sachlichkeit zwischen ihnen kam ihm plötzlich etwas gekünstelt vor. Sie paßte sicherlich zur professionellen Beziehung von Anwalt und Klient, aber zwischen Mutter und Sohn wirkte sie als Dauerzustand seltsam. Jetzt war er davon getrieben, sie in Fleisch und Blut zu sehen; so sehr, daß er im

Zeitalter von potentiellen virtuellen Sofortkontakten weder mit Email oder Handy seinen Besuch ankündigte, sondern direkt nach Hamburg fuhr. Er mußte sie sehen, er mußte sie sprechen, er mußte ihre reale Aura spüren; unplugged und sei es nur für eine Viertelstunde.

Sie nahm seit über zwanzig Jahren an den Meetings der *Anonymen Alkoholiker* teil und rührte seitdem, soweit er es wußte, keinen Tropfen Alkohol mehr an. Er erinnerte sich, wie sie einmal zu ihm sagte, Weihnachten, am Telefon: „Ohne AA wäre ich schon längst tot." Während er die Autobahn auf der Überholspur entlang raste, kam ihm der Gedanke, daß Hardcore Yogis wie er selbst und Ex-Alkis wie seine Mutter sich als Abstinenzler recht ähnlich waren.

Daß er tatsächlich in dieser Hinsicht ein identisches Verhalten wie seine Mutter an den Tag legte, berührte ihn auf eine seltsame Weise peinlich. Möglicherweise war er mit ihr innerlich viel verstrickter – aller äußerlichen Unabhängigkeit zum Trotz – als ihm lieb war. Rational gab es keinen Grund für dieses peinliche Gefühl: Ob man aus körperlichen und spirituellen Perfektionismus wie er auf Alkohol verzichtete oder deswegen, weil sich, wie beim typischen Abhängigen, beim ersten Schluck die Hölle der Sucht wieder öffnete, machte schon einen großen Unterschied. Andererseits trafen sich die größten Perfektionisten und die größten ehemaligen Säufer in ihrer gemeinsamen Angst vor Kontrollverlust. Sein Bauchgefühl war jedenfalls vage über diese Ähnlichkeit beunruhigt.

Seine Mutter wohnte gepflegt und teuer in einem großbürgerlichen Altbau in einer lichtdurchfluteten Dachgeschosswohnung in Hamburg. Er versuchte es zuerst dort und nicht in ihrer Kanzlei. Als sie ihm zu seiner Freude die Wohnungstür öffnete, gefror sein Begrüßungslächeln jedoch wieder. Sein Unbewußtes hatte bei ihrem Anblick sofort realisiert, daß sie angetrunken war. Er war wider Willen in den hyperwachsamen und völlig angespannten Alarmzustand seiner Kindheit versetzt worden, nicht wissend, was als Nächstes geschah; ob sie ihn gefühlvoll umarmen oder voller Haß schlagen würde.

Sie sah eigentlich aus wie immer: Eine noch ziemlich attraktive Frau Mitte fünfzig; ihre schlanke Figur ohne typische Fettpölsterchen bezeugte, daß sie jedes Jahr den Hamburger Marathon lief. Zwar waren die langen Haare schwarz gefärbt, aber dafür die Augenfältchen nicht mit Botox weggespritzt, sie wirkte trotzdem natürlich, nicht krampfhaft auf jung gestylt. Sie trug eine Trainingshose und ein T-Shirt, die Haare mit einem Stirnband gebändigt. Für einen naiven Blick hätte es durchaus so aussehen können, als sei sie kurz davor, an diesem Mittwochnachmittag ein paar Runden um die Alster zu joggen. Aber Andreas' Blick war nicht naiv.

Es war der für ihn unverwechselbare, bösartige Glanz in den Augen seiner Mutter, der seit der Kindheit für ihn ohne jeden Zweifel Alkoholkonsum signalisierte. Sie war von ihrem abweisenden Gesichtsausdruck her über seinen Besuch eher unangenehm berührt als erfreut, und machte sich auch nicht die Mühe, es mit einem Lächeln oder formaler Freundlichkeit zu überspielen. „Du?!"

Andreas hätte am liebsten auf der Stelle kehrtgemacht. Aber er war ja nicht zum Spaß hier; und daß seine Mutter wieder trank, war vielleicht sogar auf eine perverse Weise ein Geschenk des Himmels, weil sie ihm dann keine schöngefärbten Märchen über die Vergangenheit erzählen würde. Säufer liebten im Zweifelsfall die bitteren Wahrheiten. Sie ließ ihn eintreten und er sah schon vom Flur aus in der großen Küche die angebrochene Flasche Sekt. Es war niemand sonst in der Wohnung, sein Gefühl hatte ihn nicht getrogen. Er bemerkte: „Hast du wieder angefangen?"

30

Sie lachte aggressiv: „Nur an freien Tagen wie heute. Was verschafft mir die Ehre deines Besuchs?" Der Sarkasmus in ihrer Stimme erschreckte ihn. Wie ein tiefer Brunnen mit Wasser schien ihr verborgenes Leben mit Verbitterung gefüllt zu sein. Aus intuitivem Respekt vor ihrem gefühlten Elend sparte er sich moralisierende Kommentare über ihr Trinken nach so vielen Jahren Abstinenz. Stattdessen erzählte er von seiner Begegnung an der Ostsee.

Während er dies tat, sie saßen inzwischen auf der Terrasse in der Sonne, fröstelte er innerlich trotzdem. Ihm wurde bewußt, was ihn als Kind entsetzt hatte, ohne damals Worte oder Gedanken dafür gehabt zu haben: Es waren die unberechenbar auftretenden Phasen von total fehlender Empathie, von besessener Egomanie bei Süchtigen. Völlig gebannt von ihren eigenen Problemen, fehlte ihnen die Kraft für andere. Echtes menschliches Mitgefühl, was sich meistens in einem wortlosen, den anderen verstehenden Augenkontakt zeigte, war oft durch eine Art unstetes Flackern in den Augen seiner Mutter ersetzt worden. Seelische Nähe und Ferne wechselten chaotisch miteinander ab. Im Grunde ähnlich wie bei seiner Exfreundin, als sie gestern mit ihm Schluß gemacht hatte. Er war als Sohn nur eine Vorstellung für seine Mutter, ein Spiegelbild ihrer eigenen Seele, und damit in Wirklichkeit ein völlig irreales Zerrbild, ein Scheinwesen eigentlich. Was sie wirklich bewegte und berührte, wußte er nicht.

Im Unterschied zu seiner Freundin wollte er den Kontakt zu seiner Mutter allerdings nicht abbrechen. Seine Mutter, ebenso wie sein Vater, waren die Eintrittskarten ins Leben gewesen, sie nachträglich zu zerreißen oder zu verleugnen, änderte nichts daran, daß man nur durch sie existierte. Vater und Mutter in diesem Sinn zu ehren, war ihm kein abstraktes Gebot, sondern echtes Bedürfnis. Wie kaputt und krank auch immer seine Eltern waren, sie waren seine Wurzeln, er konnte sie nicht aus seinem Leben reißen, ohne sich selbst zu zerstören.

„Und jetzt willst du von mir wissen, warum ich damals so ausgerastet bin?!" Sie saß ihm gegenüber auf der Terrasse am Gartentisch und goß sich den Rest der Flasche ins Glas. Sie sah ihn an, im Augenblick wieder voller Gefühl, mit Tränen in den von zarten Falten bekränzten Augen.

„Ja."

„Ich hab immer gewußt, daß du irgendwann fragen würdest." Plötzlich kam in ihren Blick etwas Lauerndes, Angriffslustiges: „Du scheinst dich gar nicht zu wundern, daß ich nach zwanzig Jahren wieder hiermit angefangen habe!?" Sie machte eine Geste mit dem Tulpenglas, in dem der Sekt noch leicht perlte.

„Offenbar nicht, stimmt. – Was man als Kind sieht, bleibt vielleicht für immer in einem drin."

„AA hat mein Leben gerettet. Sicher. Aber was ist das für ein Leben, wo man immer die Kontrolle behalten muß?! Jeden Tag, jeden Abend, jede Nacht. Kennst du die armen Hunde, die auch bei Waldspaziergängen immer an der Leine bleiben müssen? Aus Angst, daß der Förster sie erschießt oder sie nie wieder zurückkommen? Dann ist es doch besser, man ist einmal richtig Hund oder eben Mensch, ohne Leine, selbst wenn man dann dabei draufgeht."

Sie holte eine neue Flasche und entkorkte sie. „Willst du auch?"

„Nee."

„Stimmt, du bist ja Yogi. Vielleicht aber nur die Edelvariante der *Anonymen Alkoholiker*." Sie lachte etwas schrill. „Es ist schon so lange her, über 25 Jahre. Aber ich kann mich trotzdem gut erinnern. Ich war von der Arbeit gekommen, als

Opa, dein finnischer, mich anrief und sagte, daß Mathias sich erschossen habe. Wir waren ja schon lange auseinander, aber ich habe ihn schon geliebt, sonst hätte es dich auch nicht gegeben, ich hätte dich sonst abgetrieben. Ich hab mir an dem Mittwochnachmittag – Zufall, wie heute! – total die Kante gegeben. Außergewöhnlich, denn ich trank damals immer nur an Wochenenden. Sonst hätte ich das zweite Staatsexamen nie geschafft. Ich hatte auch beim Saufen Disziplin. Wahnsinn!

Ich hab an dem Nachmittag viel geweint. Irgendwie sehr irre, wir hatten uns getrennt, weil er mein Saufen nicht ausgehalten hat, meine dunkle Seite brach dann immer durch, wildes Rumvögeln auf Deutsch gesagt. Dabei war auch er ein totaler Säufer. Wir spiegelten uns wahrscheinlich zu sehr in unsrem Elend. Und trotzdem hat er sich erschossen! Und nicht ich! Und warum hat er sich erschossen? Weiß natürlich niemand so genau, aber ich vermute, weil seine Mutter gestorben war. Zu der er einen irre intensiven Kontakt hatte, wie zu einer Freundin. Grauenhaft irgendwie. Und er war immer besessen von Frauen, von Sex. Also ich denke, er hat immer seine Mutter in den hunderten von flachgelegten Weibern gesucht, eine voraussetzungslose echte Liebe, die er wohl als Kind nie von ihr bekommen hatte. Was auch erklärt, warum er sich nie um dich gekümmert hatte. Er war ja selbst noch ein kleiner Junge. Wie sollte er sich da um einen anderen kleinen Jungen kümmern, der zufällig sein Sohn war?!

Und als sie dann tot war, wurde seinem Unbewußten wohl klar, daß er diese Liebe niemals mehr bekommen würde. Aus, vorbei, das hat er nicht ertragen. Glaube ich. Übrigens einer der Gründe, warum ich oft kühl zu dir war: Ich wollte nicht, daß du dem gleichen Wahn hinterherjagst wie dein Vater. Keine Ahnung, ob mir das gelungen ist?!"

Sie sah ihn an. Andreas zuckte die Achseln. „Wahrscheinlich nicht, egal, erzähl weiter!"

Seine Mutter sah ihn unverwandt mit Mitgefühl an. „Als du dann irgendwann nach Hause kamst, war ich schon ziemlich dicht. Und ich fühlte mich total unglücklich. Was seltsam war. Ich hatte einen Superjob, einen neuen super Mann, und dich fand ich auch super, auch wenn ich es nie gesagt habe. Aber in mir war alles so dunkel und verloren, und nicht nur, weil Mathias sich umgebracht hatte. Wenn ich trank, machte sich oft eine total dunkle und hoffnungslose Depression in mir breit und gleichzeitig das Gefühl: das, diese Nacht in mir, ist die echte Wirklichkeit. Na ja, und dann hörte ich dich diese Melodie auf der Gitarre spielen. ‚Minor Swing'. Und dann bin ich ausgeflippt!"

Seine Mutter starrte über die Dächer Hamburgs, Andreas spürte, wie sie sich innerlich wieder von ihm entfernte. Ungeduldig hakte er nach: „Mama! Und, was ist mit ‚Minor Swing'?!"

Sie wandte sich zu ihm, in ihren Augen schimmerten unterdrückte Tränen. „Ich schaff's nicht, ich kann's dir nicht sagen. Aber ich kann dir was geben. Warte eine Sekunde!"

Sie stand auf, etwas wacklig von der zweiten angebrochenen Flasche Sekt, und kam nach einigen Minuten wieder auf die Dachterrasse zurück. Er hatte sie in der Zwischenzeit kurz telefonieren gehört. Sie hielt ein kleines rosa Heft in der Hand, DIN A 5, mit aufgeklebten Feen- und Pferdebildern. „Lies das! Da steht alles drin. Das mit der Musik jedenfalls. Aber ich kann nicht dabei sein, wenn du das liest. Das würde ich nicht ertragen. Ich treff mich jetzt mit einer Freundin und komm erst spät wieder. Also, ich will auch nicht drüber reden. Ich will nur, daß du es weißt. Vielleicht kannst du mir dann verzeihen. Aber du mußt es nicht. Zieh einfach die Tür zu, wenn du gehst. Und ich hab mich trotzdem sehr gefreut, dich zu sehen!" Sie legte das rosa vergilbte Heft auf den Gartentisch, umarmte ihn sehr heftig und verließ dann mit energischen Schritten wie fluchtartig ihre eigene Wohnung.

Dies war ein gehetzter Auftritt seiner sonst, also im nüchternen Zustand, zumindest äußerlich auf Coolness bedachten Mutter. Andreas nahm das Heft mit einem unguten Gefühl in der Magengrube in die Hand. Auf der Vorderseite stand in geschwungener Kleinmädchenschrift: „Tagebuch von Anni Fischer".

Er blätterte in den Eintragungen herum, die mit blauer Tinte meist sehr sorgfältig niedergeschrieben waren. Auf manchen Seiten waren verblichene Aufkleber: Prinzessinnen, Kätzchen, Einhörner zeigend. Bei einer Seite blieb er hängen:

Mittwoch, 19. Februar 1969.

Seit drei Tagen ist Mama im Krankenhaus. Ich war heute da. Sie hat einen Verband um den Kopf, aber es geht ihr gut. Sie hatte einen Autounfall, weil sie zuviel geraucht hat, hat sie mir gesagt. Und weil es auf der Straße so glatt war. Mama raucht oft dieses dunkelbraune Zeugs, irgendwas aus Afghanistan, das sie immer in den Tabak reinbröseln, mit ihren Freunden. Das war sehr dumm, hat sie gesagt. Aber alles sei noch mal gutgegangen.

Und John würde sich ja um mich kümmern. Und die anderen aus unserer Kommune. Ich mag John eigentlich gar nicht so, er klopft mir immer auf den Po, und küßt mich manchmal ganz eklig auf den Mund. Vor einem Monat oder so lag er mit Mama im Bett und fragte mich, ob ich nicht mitmachen wollte. Mama hat nur gelacht, ich bin dann weggerannt. Ich hatte große Angst. Mein richtiger Papa ist schon lange weg. Ein Spießer, sagt Mama, die ihn nicht sehen will. Eigentlich bin ich ganz allein!!! Alle anderen Kinder in der Schule haben einen richtigen Papa zuhause.

Mama sagt oft, daß bald Revolution sei, und alle Menschen und Kinder dann glücklich sein würden. Und ich wäre jetzt schon viel glücklicher als alle anderen Kinder, weil ich in einer Kommune leben würde, wo alle alles teilen und niemand blöde Geheimnisse voreinander hat. Viel wichtiger als gut in der Schule zu sein, sei es, eine gute Revolutionärin zu werden.

Vorgestern kam John in mein Zimmer, als ich schon im Bett war. Meine blaue Globuslampe war noch an. Ich kann immer viel besser einschlafen, wenn es nicht ganz dunkel ist. Er hat auch wieder dieses Zeugs geraucht. Seine Pupillen waren riesengroß, daran erkenne ich das immer, auch bei Mama.

Er hat ganz komisch gelacht, in seiner Hand hatte er ein Fläschchen mit Leinöl, und dann hat er mein Radio ganz laut angemacht und sich sofort zu mir ins Bett gelegt. Ich wollte rausspringen, aber er hat mich festgehalten, ganz fest und grob. „Deine Mama hat gesagt, daß ich dich heute zur Revolutionärin machen soll." Er hat mich zur Seite geschoben an die Wand, und meine gute Nacht Hose heruntergezogen. Dann hat er mein Po mit Öl eingerieben, und dabei ganz fest meinen Nacken in die Matratze runtergedrückt.

Was John dann gemacht hat, ganz lange, hat sehr wehgetan. Damit es nicht so wehtut, hab ich versucht, das Radio besser zu hören. Der Ansager hat was mit „Django und Grapelli" gesagt. Ich hab nur noch die Musik gehört, dann hat es nicht so wehgetan. Dann ist John aufgestanden: „Jetzt bist du eine gute Revolutionärin!" Mein Po hat die ganze Nacht gebrannt, und ich mußte dauernd aufs Klo. Er hat gesagt, daß er öfter kommen wird, solange Mama im Krankenhaus ist. Und nachts bin ich jetzt statt Mama seine Freundin.

Ich finde ihn so eklig! Aber er ist Mamas bester Freund und irgendwie ja auch trotzdem mein Papa. Nicht richtig, aber ein bißchen. Franz, mein richtiger Papa hat mit mir gekuschelt. Aber nicht so wie John, mit

36

Zunge und allem. Das weiß ich noch, das war schön. Niemand kuschelt mehr mit mir, auch nicht Mama. Aber ich will ja auch eine gute Revolutionärin sein und kein Spießer. Hoffentlich kommt Mama bald wieder!!!

Andreas legte das Tagebuch aufgewühlt aus der Hand. Er fühlte Wut, Ekel, Traurigkeit, alles zusammen. Die Vergewaltigung seiner Mutter als Kind, begleitet von „Minor Swing" im Radio, machte ihren psychotischen Ausbruch bei dieser Musik natürlich sofort verständlich. Er war erschüttert, aber seltsamerweise nicht überrascht. Als hätte sein Unbewußtes den Mißbrauch schon vorher gewußt.

Besonders berührte ihn bei der Lektüre die irritierende Erkenntnis, daß seine Mutter – die er ja, wie jedes Kind seine Eltern, immer nur als Erwachsene kannte – auch selbst ein völlig verletzliches Kind gewesen war. Intellektuell war es eine Banalität, aber als spontanes Erlebnis war es ein bewußtseinserweiternder Schub: Für einen geistigen Augenblick lang sah er als Sohn seine Mutter eben nicht als Mutter, sondern in ihrer Verzweiflung als Menschen für sich selbst, jenseits aller Verwandtschaft. Als wäre der Vorhang der normalen und völlig natürlichen Verblendungen für eine Sekunde weggezogen worden.

Dieser für einen Moment seltsam unpersönliche, aber gerade deswegen besonders mitfühlende Blick änderte allerdings nichts daran, daß er das Gefühl hatte, daß der Mißbrauch seiner Mutter auch in seinen eigenen Genen Spuren hinterlassen hatte. Als hätte er nicht nur ihre blauen Augen, sondern auch das, was diese Augen einst gezwungen gewesen waren zu sehen, geerbt.

Es war zwar nur eine vage Ahnung, weit entfernt von jeder Gewißheit, aber dennoch in der Wirklichkeit verwurzelt durch intimste Erlebnisse: Manchmal, mit seinen Freundinnen – wie sein Vater war auch er kein Kostverächter –, hatte er beim Sex eine irrsinnige Wut gespürt und aufkommende Vergewaltigungsphantasien nur dadurch unterdrücken können, indem er den sexuellen Akt unter irgendeinem Vorwand beendete. Eine für ihn völlig fremdartige Aggression aus dem Nichts, die er noch nie verstanden hatte. Natürlich gab es dafür tausend mögliche Erklärungen, aber warum sollten nicht traumatische Erfahrungen genauso durch die Generationen in der Familie weitergegeben werden wie etwa Musikalität oder Neigung zu Rheuma?! Schlechtes oder gutes Karma waren möglicherweise nicht nur esoterische Floskeln. – So daß er als Mann vielleicht innerlich den Täter spiegelte, mit dem sich seine Mutter möglicherweise identifiziert hatte?

Ein psychisches Chaos, Andreas verstand immer weniger. Sicherlich konnte er jetzt seinen gegenwärtigen Sturz aus dem Kopfstand eindeutig über den Trigger der Musik aus der Vergewaltigung seiner Mutter vor fast fünfzig Jahren ableiten, was in sich schon seltsam genug war. Die kausale Kette war recht einfach, aber dafür ziemlich unverwüstlich geschmiedet: Mißbrauch, „Minor Swing", Traumatisierung seiner Mutter; zwanzig Jahre später: Andreas übt „Minor Swing", seine Mutter zerschlägt volltrunken die Gitarre, traumatisiert dadurch ihn; und wiederum gute 25 Jahre später fällt er deswegen aus dem Kopfstand, als er zufällig die Musik hört. Das waren die letztlich simplen Fakten, auch wenn sie eine Zeitspanne von einem knappen halben Jahrhundert umspannten.

Die eigentliche Frage war nun, wie befreite er sich aus dieser lebensfeindlichen Kette, die blockierend aber unsichtbar um seinen Hals lag? Leicht hätte er sich auch das Genick beim Fallen aus dem Kopfstand brechen oder zumindest verstauchen können. Oder seine Mutter hätte damals ihn statt die Gitarre an die Wand schmettern können. Es ging letztlich um

Leben und Tod, nicht um Partygeplauder. Es mußte einen Schlüssel auch für diese elende Kette geben.

Hatte Andreas vor der Lektüre des Tagebuchs die Vermutung, daß ihm mit dem zunächst fehlenden Grund für den damaligen Wutanfall seiner Mutter ein wichtiges Puzzlesteinchen zur Selbsterkenntnis fehlte, schien es ihm jetzt so zu sein, daß er zwar alle erforderlichen Informationen beisammen hatte, aber es kein wirklich ordnendes Bild für das Puzzle gab, nur Chaos, psychisches und physisches. Seine Ernährung und sein Körper waren in der Krise, sein Yoga und sein Beruf waren in der Krise, seine Beziehung und seine Liebe waren am Ende, – wer war er eigentlich wirklich selbst? Was war nur los mit ihm?

Wenn er je Hilfe gebraucht hatte, einen weisen Rat, einen Wink des Schicksals benötigte, was auch immer, jedenfalls etwas von Außen Inspiriertes, so war offenbar jetzt dieser Zeitpunkt gekommen. Alleine kam er nicht mehr weiter, dessen war er sich sicher. Ihm nahestehende Menschen wollte er allerdings nicht damit behelligen; denn so wie er sich bei seinen vergangenen Zahnschmerzen nicht im Freundeskreis nach Diagnose und Therapie umgehört, sondern einen professionellen Zahnarzt aufgesucht hatte, schien ihm sein jetziges Problem noch weniger geeignet, von Amateuren gelöst zu werden, seien sie auch noch so gutmeinend.

Wie ein Orkanstoß einen Baum entwurzelt und durch die Luft schleudert, so hatte eine Identitätskrise sein Leben gepackt. Und er brauchte eine schnelle Lösung, wenigstens eine ungefähre Richtung: Denn übermorgen begann sein Yoga-Workshop, den er im Ernst nicht leiten konnte, solange das Hören von „Minor Swing" ausreichte, daß er aus dem Kopfstand fiel. Vom Problem mit der annoncierten, aber ihm inzwischen verekelten veganen Ernährung zu schweigen.

Bevor er die Wohnung seiner Mutter verließ, schrieb er auf einen kleinen Zettel: „Danke!", und legte ihn neben das Tagebuch. Er hätte auch eine Email schreiben oder sie anrufen können; oder sogar warten, bis sie wiederkam, aber all das schien ihm zu aufdringlich. Er fühlte eine plötzliche und wortlose Scheu vor dem alkoholabhängigen Schicksal seiner Mutter, vor dem Schicksal überhaupt, sein eigenes eingeschlossen. Wie vor einem wilden Tier.

4

Er war wieder auf der Autobahn, Richtung Berlin. Obwohl er nicht wußte, wo genau er eigentlich hinwollte. Noch vorgestern, als Veganer und vor dem Verlust seines zweitens Zahnes, hätte er mit Sicherheit in Hamburg in einem der vielen Yogastudios vorbeigeschaut. Yogis waren ja eine große Familie, besonders als Lehrer kannte man sich, national und international. Nüchtern ausgedrückt versuchten alle letztlich, über intensive Körperarbeit zu Wahrheit und sinnvollem Leben zu gelangen. Aber seine Zweifel an diesem Weg waren in voller Blüte. Wenn eine simple Melodie ihn aus dem Kopfstand kegeln konnte, stimmte irgendetwas nicht. Zumindest mit ihm selbst nicht. Abgesehen davon, daß er über ein Jahr mit einer Frau zusammen gewesen war, die ihn tatsächlich und fanatischerweise verlassen hatte, weil er Räucherlachs aß. Seine Instinkte waren offensichtlich weder psychisch noch physisch im Lot.

Er fremdelte zutiefst mit der Yogaszene und hatte daher im Augenblick keine Lust auf die üblichen Kontakte. Bis auf eine

Ausnahme: Er wollte per Videotelefonie mit „seinem" Yogaguru in den USA in Verbindung treten, Frank Crystalman. Um ihm die Sache mit dem Kopfstand zu erzählen und ihn direkt nach seiner Meinung zu fragen. Beim nächsten Autobahnrastplatz würde er ihn anrufen, am Fuße der Rocky Mountains dürfte es dann zeitverschoben um Mittag herum sein. Nicht zu früh, nicht zu spät für einen Anruf.

Dieser Mann Mitte sechzig, bei dem Andreas zahllose Workshops absolviert hatte, gehörte zu jener Generation von westlichen Yogajüngern, die bereits in der Siebziger Jahren des letzten Jahrhunderts nach Indien gefahren waren, um dort aus erster Hand von einheimischen Gurus in Yoga unterrichtet zu werden. Und wie bei vielen Menschen, die sich mit ganzem Herzen einer Sache verschrieben hatten, war auch bei Crystalman der Erfolg nicht ausgeblieben: Inzwischen pilgerten, so wie er selbst einst nach Indien, die Schüler aus allen Himmelsrichtungen zu ihm in die USA.

Sein Markenzeichen als Yogalehrer war die Verschmelzung von extrem anatomischer Präzision in der Ausrichtung des Körpers mit ganzheitlichen mythischen Symbolen. Wer wissen wollte, wie sich etwa Buddhas Wirbelsäule im Lotussitz beim Meditieren konkret anfühlte, während sich hinter ihm die göttliche siebenköpfige Schlange wie ein schützender Schirm aufrichtete, der war bei Chrystalman goldrichtig. Zudem zeichnete sein Unterricht ein provozierender und unorthodoxer Stil aus. So gehörte es bei seinen fortgeschrittenen Seminaren zum Standard, sich anhand einer echten Leiche wie beim Medizinstudium anatomische Grundkenntnisse anzueignen, um die Yogapositionen besser zu verstehen. Und Sprüche wie: „Selbst wenn ihr euch perfekt entspannen könnt im Savasana (Leichenhaltung), selbst wenn ihr alle Asanas praktizieren könnt, sterben werdet ihr trotzdem alle!", gehörten zu seinen alltäglichen Bemerkungen. Und festigten seinen Ruf als Guru, der sich gewissermaßen mit dem Tod duzte. Was viele der viel Geld für seine Workshops zahlenden Schüler, speziell die aus behüteten Elternhäusern, zu faszinieren schien.

Andreas hatte eine harmonische Schüler-Lehrer-Beziehung zu ihm; yogatechnisch hatte er viel von Crystalman gelernt und verspürte echte Hochachtung und auch Dankbarkeit, ohne allerdings deswegen in eine geistig devote Starre zu verfallen wie so viele andere begeisterte Jünger. Für Andreas war Crystalman ein toller Lehrer, weil er den Stoff gut vermitteln konnte und weil 40 Jahre praktiziertes Yoga eine natürliche Aura an Erfahrung erzeugte, – ähnlich wie ein alter mächtiger Baum, der auch nicht an jeder Straßenecke wuchs.

An der Raststätte Gudow Süd, die sich wie ein schmaler langer Uferstreifen an einem Fluß an die Autobahn schmiegte, hielt er auf dem Parkplatz an und holte sein *iPhone* heraus. Hatte er am Anfang seiner elektronischen Sozialisation in aller Unschuld *Apple* Computer, und eben später das *iPhone* gekauft, weil ihm das aufs Wesentliche reduzierte und trotzdem anmutige Design und vor allem das verspielte Logo des angebissenen Apfels gefielen, so ging ihm inzwischen der Hype um die Produkte dieser Firma auf die Nerven. Computer, ob kleine Smartphones oder riesige Desktopmonster, waren für ihn am Ende immer noch und nur Geräte zur Datenverarbeitung, keine religiösen Kultobjekte. Andreas ertappte sich inzwischen manchmal sogar dabei, daß er sein *iPhone* in der Öffentlichkeit peinlich berührt so hielt, daß man das Firmen-Logo nicht sehen konnte. Der angebissene Apfel war kein Symbol wie etwa das christliche Kreuz, für Unerklärliches und Transzendentes stehend; aber Markenzeichen traten inzwischen so auf und wurden seltsamerweise so wahrgenommen, als seien sie eben ganzheitliche, praktisch religiöse Symbole. Als hätte sich die religiöse Energie der Menschen in der westlichen Welt gleichsam vom Lesen der Bibel auf das Surfen bei *Amazon* verlagert.

In Chrystalmans Yoga-Shala auf der anderen Seite des Atlantik erreichte er zunächst nur seine Frau; ihr Mann sei beim Meditieren, er solle es in einer Stunde noch mal probieren. ‚Beim Meditieren, was sonst?!', dachte Andreas ein bißchen gelangweilt. Er gestand sich selbstkritisch ein, daß er absurderweise leicht verärgert war, weil sein Yogalehrer nicht sofort Zeit für ihn hatte. Was erwartete er eigentlich?! Sie waren nicht wirklich befreundet und Chrystalman war sehr weit weg, von Gudow Süd aus gesehen.

Er überlegte, ob er noch andere Menschen kannte, deren Meinung er gerne zu seinem drängenden Problem, daß er bei „Minor Swing" aus dem Kopfstand fiel, hören würde. Sich nur von der Zeit und dem Rat seines Yogagurus abhängig zu machen, schien ihm von seinem Bauchgefühl her keine gute Idee.

Aufgrund dessen, daß Yoga gegenwärtig extrem trendy war, sich alle möglichen Leute zumindest probiererweise die Studio-Klinke in die Hand gaben, hatte Andreas einen sehr weitgefächerten Bekanntenkreis. Und so kamen ihm tatsächlich zwei ältere Männer in den Sinn, welche selbst wiederum auf ihrem Gebiet bewunderte Lehrer zweier seiner Yoga-Schülerinnen waren: ein alter Astrologe und ein auf der ganzen Welt Vorträge haltender Psychologe. Während er auf dem Parkplatz darauf wartete, daß die Stunde verging, checkte er die Websites der beiden Männer.

Beide schienen Andreas komplexe Persönlichkeiten zu sein, hatten einen Haufen Bücher veröffentlicht, gaben regelmäßig Kurse und erklärten mit verschiedenartigen Systemen die Welt, wovon Beispieltexte einen ersten Eindruck vermittelten. Der

Internetauftritt beider – trotz der ähnlich sachlich blaugrauen Farbgebung – war allerdings grundverschieden: Der achtzigjährige Astrologe Wolf Quantenfeld präsentierte, unaufdringlich aufgelockert durch ein mindestens dreißig Jahre altes Schwarzweiß-Porträt mit Hund, auf der Startseite sofort sein astrologisches System; mit der Kernaussage, daß die offizielle Welt der Wissenschaft und die inoffizielle der Astrologie unvereinbar seien.

Während der zwanzig Jahre jüngere Psychologe Hans Pan auf seiner Homepage den Surfer mit einem farbigen und dominierenden Porträtfoto empfing, und in der Kopfzeile sofort seinen Status als Professor und Doktor signalisierte. Um dann auf einen aktuellen Vortrag in Schloß Elmau hinzuweisen, wo es um mehrgenerationale Psychotraumata und deren Heilung ging. Zumindest auf den ersten Blick wirkte es so, daß der Psychologe zunächst sich toll fand und dann auf seine psychologischen Aussagen hinwies, während der Astrologe eher seine astrologische Lehre toll zu finden schien und als Person eher zurücktrat.

Seltsamerweise hatten beide ihr Hauptquartier in München. Was Andreas auf den Gedanken brachte, dort beide am gleichen Tag aufzusuchen. Aus dem sofort ein konkreter Entschluß wurde, da morgen in der Praxis des Psychologen Pan eine regelmäßige monatliche „Männergruppe" stattfinden sollte; wo jeder Teilnehmer ein „Anliegen aufstellen" konnte, also offenbar Probleme bearbeitet wurden. Vielleicht würde Andreas ja auch einen Termin beim Astrologen bekommen; zwar waren private Konsultationen Gerüchten zufolge unheimlich teuer, fünfhundert Euro pro Stunde und auf Jahre im Voraus ausgebucht, aber auf einen Versuch konnte er es ja trotzdem ankommen lassen.

Zunächst rief er wieder in Amerika an. Chrystalman war jetzt erreichbar und der Videokontakt baute sich erfolgreich auf: Er sah das lächelnde und glattrasierte Gesicht seines Yogalehrers auf dem kleinen Bildschirm des Smartphones. Dessen Lächeln auch dann nicht verschwand, als Andreas ihm vom Mißbrauch seiner Mutter erzählte und wie dies knapp fünfzig Jahre später offenbar dazu führte, daß er beim Kopfstand die Kontrolle über seinen Körper verlor.

Chrystalmans spontane Antwort überraschte Andreas zunächst. In Indien, sagte er, wo Yoga letztlich herkomme, würden noch heute Mädchen nicht nur vergewaltigt, sondern danach verbrannt oder an Bäumen aufgeknüpft. Die Medien würden darüber auch fleissig berichten. Worüber aber sie nicht berichten würden, sei, daß diese offenbare Grausamkeit eben der wirkliche Hintergrund des wirklichen Yoga sei. Schon immer. Ob man das Leid bejammere oder bekämpfe, seit Menschengedenken würde es trotzdem jeden Tag, jede Stunde, jede Minute immer wieder auftauchen. Unausrottbar wie Viren. Da hätte sich heutzutage nichts geändert, nur würde das Internet lokales Elend global sofort verbreiten. Der Weg des Yoga sei es nun, modern ausgedrückt, angesichts all dessen nicht hysterisch oder sonstwas zu werden, sondern bei sich zu bleiben. Glück und Leiden komme und gehe wie das Wetter, man selbst sei aber immer da. Und deswegen eben die Yogahaltungen. Die man tatsächlich nicht angemessen ausführen könne, wenn man nicht bei sich sei. Deswegen habe der leider verstorbene, ihrer aller wirkliche Guru Pattabhi Jois ja auch gesagt: Yoga sei 99 Prozent Praxis und der Rest passiere dann automatisch. Freiheit von Neurosen zum Beispiel.

Andreas hakte nach: „Should I just practice more?!" Chrystalman erwiderte lächelnd: „Simple as that: yes! Don't get too obsessed by traumata. Everybody has them. They are the clouds and not the sky." Andreas bedankte sich und sie beendeten mit ein paar freundlichen Abschiedsworten das Gespräch.

Er verstand Chrystalmans Standpunkt inhaltlich sofort, aber gleichzeitig war sein Gefühl unbefriedigt. Die Anteilnahme seines geschätzten Yogalehrers war letztlich intellektuell. Natürlich verzerrte das Smartphone im Unterschied zum persönlichen Gespräch die Feinheiten der Kommunikation etwas, aber echte zwischenmenschliche Wärme hätte während ihres Videotelefonats auch die Distanz des Atlantiks überwunden. Andreas hätte im Grunde genauso gut erzählen können, daß sein Hamster vor 30 Jahren gestorben sei und Chrystalmans Reaktion wäre vermutlich ähnlich, das heißt unpersönlich ausgefallen.

Vielleicht lag es ja an ihm selbst, vielleicht war er einfach zu verschlossen. Zu unerleuchtet, ein hoffnungsloser spiritueller Blindgänger Aber wie auch immer, Andreas wurde schlagartig bewußt, was ihn nicht nur an Chrystalman, sondern auch an ihm selbst verstörte, vielleicht sogar an Yoga überhaupt: Körperbeherrschung und Gefühlskontrolle schienen Hand in Hand zu gehen, das Spontane und Mitfühlende blieb dabei leicht auf der Strecke und konnte schnell durch manipulatives Verhalten ersetzt werden.

Es war so gesehen sicher kein Zufall, daß sexueller Mißbrauch von Schülerinnen durch Lehrer in der Yogaszene immer wieder als Thema und Tatsache hochkochte. Und meistens wurde dann versucht, solche Vorfälle als bedauerliche Einzelfälle herunterzuspielen. Weil es natürlich imagemäßig extrem geschäftsschädigend war, für jedes Yogastudio auf der Welt, wenn die spirituelle Aura von Yoga, der Markenkern sozusagen, derart buchstäblich von Geilheit befleckt wurde.

So erinnerte er sich beispielsweise an den Bericht einer Frau, die als Kind in einem belgischen Pädophilenring herumgereicht worden war. Sie kam dann als junge Frau zum Yoga, in der Hoffnung auf innere Heilung. Stattdessen wurde sie dann von ihrem Lehrer, eben jenem, der auch Chrystalman geprägt hatte, bei Haltungskorrekturen regelmäßig an der Vagina derart berührt, daß von Zufall keine Rede mehr sein konnte. Psychologisch chaotisch, erkenntnismäßig unentwirrbar wurde die Situation noch dadurch, daß das praktizierte und gelehrte Yoga eben dieses Gurus tatsächlich zutiefst heilen konnte. Ashtanga übten inzwischen Millionen Menschen aus. Auch wenn seine persönlichen Hände es paradoxerweise bei ihr nicht taten, sondern eher das Gegenteil bewirkten und alte Wunden aufrissen.

Vor diesem realen Hintergrund, wo authentische Erleuchtung von einer Art schmutzigen Schleier verdunkelt wurde, war es fast logisch, als abwehrender Verdrängungsmechanismus, daß Chrystalman Andreas' Story über den Mißbrauch seiner Mutter mit Floskeln abservierte.

Die souverän lächelnde Mimik seines Yogalehrers wirkte jedenfalls auf ihn jetzt nur auf den ersten Blick wie Weisheit; auf den zweiten schien sie ihm eher eine Weisheitsmaske zu sein, – nicht wirklich vertrauenswürdig. Die Vermutung, daß auch er selbst, Andreas Santti, mit der Kopie einer solchen Maske herumlief, lag auf der Hand und berührte ihn unangenehm.

Allerdings hatte Chrystalmans Rat, einfach weiter und mehr Yoga zu machen, einen gewißen pragmatischen Charme. Denn die Chance, daß oft oder überhaupt noch einmal „Minor Swing" zufällig zeitgleich zu seiner Yogapraxis ertönte, dürfte doch eher gering sein. Nüchtern betrachtet würde sich diese seelische Wunde im Alltag unprovoziert kaum öffnen. Verheilen würde sie so zwar auch nicht, sondern in einem Stand-by-Modus, in einem potentiellen Seinszustand verharren. Der nur beim Beobachten aktiviert wurde. Aber damit dürfte sich problemlos leben lassen. Viele Menschen, Familien, ganze Generationen lebten halbwegs glücklich mit Leichen in ihren Kellern, oder hatten schlafende Hunde um sich und wie derlei Umschreibungen für ungelöste oder verdrängte Probleme alle lauteten.

Diese übliche und vielleicht sogar vernünftige Variante konnte Andreas allerdings gleich abhaken, denn sein Naturell war eben genau dafür ungeeignet, das wußte er. Er konnte nicht verdrängen, er war im Zweifelsfall getrieben davon, Wahrheiten ins Auge zu sehen. Und so war es klar, daß er jetzt nicht nach Berlin zurückfahren und weiter Yoga wie immer – oder noch mehr Yoga wie immer – machen würde. Sondern er würde auf der Autobahn am Berliner Ring den südlichen Abzweig wählen, nach München, um am morgigen Vormittag die Männergruppe des unter Insidern bekannten Psychologen und vielleicht danach den noch bekannteren Astrologen aufzusuchen.

Er war froh, daß beide in München ansässig waren. Innerhalb Deutschlands war diese Stadt der entfernteste Gegenpol zu Berlin, so daß er zumindest, wenn sonst vielleicht auch nichts am Ende, etwas räumlichen Abstand bekam. Und jetzt nicht in seine Wohnung zurückkehren mußte, die noch völlig den Geist des vergangenen Lebens atmete: In der Küche ein Regal mit veganen Kochbüchern; auf dem Schreibtisch ein halbnacktes Pin-up Foto seiner Exfreundin; auf allen vieren kniend, dabei die Zunge bis zum Anschlag rausstreckend, die Löwe-Pose „Simhasana". All das wollte er bei seiner Rückkehr in die Wohnung entsorgen oder zumindest anders anordnen;

zum Beispiel in den Keller bringen. Eine Aktion, die er aber gerne noch um ein paar Tage verschob.

In der Nacht kam er in München an. Auf eine Übernachtung in einem Hotel hatte er keine Lust, vielleicht weil er noch das Meeresrauschen der Ostsee im Ohr und Herzen hatte. Stattdessen fand er in der Innenstadt einen Parkplatz in Nähe der Isar und holte wieder seinen Schlafsack aus dem Kofferraum. Von einem früheren Besuch hatte er „sie" in angenehm natürlicher Erinnerung: Mitten in der Stadt ein Fluß mit unbetoniertem Ufer, der noch wild dahinfloß und teilweise eine derart reißende Strömung besaß, daß dort regelmäßig Menschen ertranken. In der völlig kanalisierten und wie sterilisierten Spree in Berlin, die manchmal sogar aus lauter Müdigkeit rückwärts floß, wie er mal gehört hatte, ertrank eher selten jemand. Meistens nur Betrunkene.

In Sichtweite der Sankt Maximilian Kirche mit ihren zwei quadratischen Türmen legte er auf dem breiten Uferstreifen aus Kies und Gras seinen Schlafsack nah am Wasser aus. Es war draußen nicht wirklich warm, so daß sich nicht Massen von Nachtschwärmern herumtrieben. In der Nähe knutschte links ein Liebespaar und trank rechts ein Obdachloser Wein aus einem Tetrapack. Irgendwie auch idyllisch, Andreas schlief schnell ein.

Am frühen Morgen, die ersten Jogger waren schon unterwegs, wachte er aufgewühlt von einem Traum auf. Er starrte, auf der Seite liegend, aus seinem Schlafsack auf die halbdunklen Wellen der rauschenden Isar. Er brauchte einige Sekunden um zu realisieren, wo er sich in Wirklichkeit befand. Er hatte geträumt, eben hier am Flußufer im Morgengrauen Kopfstand gemacht zu haben, während neben ihm an einem verglühenden Lagerfeuer Django Reinhardt und Stéphane Grapelli „Minor Swing" spielten. Wieder hatte sein Körper zu zittern angefangen und es fühlte sich so an, als würde er gleich wieder die Kontrolle verlieren und stürzen.

Doch statt zu fallen, begann er im Kopfstand zu weinen und auf magische Weise balancierten die Tränen plötzlich seinen Körper aus: Zusammen mit den fließenden Tränen wuchsen Wurzeln aus seinem Kopf in den Uferboden und er stand stabil, trotz orkanartig an ihm zerrenden Windböen, wie noch nie in seinem Leben auf dem Kopf. Er beobachte, wie seine Tränen, inzwischen in blutroter Farbe, über den Strandkies in die Isar floßen. Als sie sich dort mit den Wellen vermischten, bildete sich ein riesiger Gischtball, der mit einem großen Knall explodierte und nach allen Seiten kurz aufleuchtende Sterne schleuderte.

Und mitten aus diesem Feuerwerk im wild strudelnden und glühenden und schäumenden Wasser, entstieg jetzt eine strahlende Jeanne aus den Fluten, seine Bekanntschaft von der Ostsee. Sie trug nur einen langen Schal, der sich um ihren nackten Körper schlängelte und ihre Scham verhüllte. Ihre Haare wehten offen; als ihre nackten Füße das Ufer der Isar berührten, schaute sie Andreas mit einem Lächeln an. Und sie sang die ganze Zeit, mit einer sonnenwarmen Stimme, die ihm so seltsam nah war, als sei sie mit seinem eignen Herzschlag synchronisiert: „Je veux d'amour, d'la joie, de la bonne humeur, ce n'est pas votre argent qui fera mon bonheur. Moi, j' veux crever la main sur le coeur."

Andreas hatte dieses Lied schon einmal irgendwo gehört, aber er wußte nicht, wo und wann. Sie kam auf dem Ufer singend immer näher, seine blutroten Tränen floßen nicht mehr. Er spürte, wie plötzlich eine unsichtbare Kraft ihn zu drehen anfing, die Spitze seines Kopfes war wie ein Kreisel, er rotierte um die eigene Achse mit immer größerer Geschwindigkeit. Dann kam noch ein leichter asymmetrischer Spin in die irrsinnig schnell werdende Bewegung und er hob spiralförmig ab und wurde vom Kopfstand auf die Füße geschleudert. Er mußte lachen, so frei und leicht fühlte er sich. Jeanne lächelte ihm zu, singend: „bienvenue dans ma réalité."

Und dann war er aufgewacht, wie elektrisiert. Der Traum hatte sich in allen Einzelheiten völlig in sein Gedächtnis eingebrannt. Auch wenn er ihn nicht auf Anhieb komplett deuten konnte, er würde ihn nie mehr vergessen, das wußte er. Die zentrale, aus dem Unbewußten geschickte Botschaft war aber in seinem Bewußtsein angekommen: Welcher Schmerz auch immer es war, der sein Leben vergiftete, er mußte ihn offenbar zulassen, um Heilung und Glück zu finden. Das war seine morgendliche Spontandeutung des Traums.

Es war noch ein bißchen früh für seinen Geschmack, sechs Uhr morgens, aber an Schlaf war nicht mehr zu denken. Da schon um neun Uhr der Psychologe Hans Pan die Tür seiner Praxis für die Männergruppe öffnete, würde er die kurze Zeit bis dahin irgendwie herumkriegen. Er rappelte sich aus seinem Schlafsack und stand auf.

5

Er hatte doch noch eine gute Stunde an der Isar gesessen, den auf dem Wasser sich ausbreitenden Glanz des Sonnenaufgangs auf sich wirken lassen. Ein neuer Tag konnte manchmal wie ein neues Leben sein, dachte er flüchtig.

Nach einem kleinen Frühstück aus Kaffee und einer gebutterten Brezel in einer einfachen Bäckerstube hatte er sich dann auf den Weg zum Psychologen in einem Münchener Außenbezirk gemacht. Die Praxis befand sich in einem Gewerbegebiet in einem vierstöckigen weißgrauen Betonklotz neben einem gläsernen Autohaus; überall viele mehr an Container als an Architektur erinnernde Gebäude. Andreas hatte zwar keine besonderen Erwartungen gehabt, weder mit einer prächtigen Kirche noch vertrauenserweckenden Gründerzeitbauten oder verspielten Jugendstilvillen gerechnet. Aber wenigstens mit irgendeinem Zeichen von natürlicher oder geistiger Lebendigkeit schon, sei es auch nur ein alter Baum am Straßenrand. Die Sachlichkeit der Umgebung wirkte ernüchternd seelenlos. Automechaniker mochten sich hier vielleicht wohlfühlen – Andreas assoziierte mit einem gewißen Unbehagen plötzlich das Wort „Seelenklempner" –, aber traumatisierte Menschen?

Andererseits war München mietmäßig ein extrem teueres Pflaster und finanziell gesehen dürfte ein Gewerbegebiet keine schlechte Alternative für eine psychologische Praxis sein, in der regelmäßig Seminare stattfanden. Auch im Sinne der therapeutische Hilfe Suchenden, die sicherlich in städtischer Toplage deutlich mehr für die einzelnen Stunden zahlen müßten. Aber dennoch, sein erster intuitiver Eindruck von der abweisenden Betonfassade der psychologischen Praxis war nicht besonders gut.

Immerhin gab es reichlich Parkplätze. Er stellte sein Auto ab. Er war noch eine viertel Stunde zu früh, doch am Eingang wartete schon ein recht kleiner Mann, Ende Vierzig, aber durchtrainiert. Er hatte ein offenes, sonnengegerbtes Gesicht, wirkte sehr gesund und lachte Andreas an: „Willst du auch zur Aufstellung?" Andreas zögerte kurz, die Bemerkung bezog sich auf die Therapiemethode, ihm war diese Psycho-Welt noch sehr fremd. Er nickte. Der Mann reichte ihm seine Hand und sagte: „Ich bin der Fritz! Und du?"

„Andi, ganz neu hier." Ihr beider Händedruck war kurz und kernig, was zu einer Männergruppe gut paßte, dachte Andreas.

„Und, wie bist du zu Hans gekommen?!"

„Ich bin Yogalehrer, aus Berlin, – hab von einer meiner Schülerinnen gehört, daß er tiefe Bretter bohren soll, therapeutisch gesehen. Hab aber eigentlich keine Ahnung, was mich erwartet."

„Aus Berlin!? Da war ich auch mal. Langweilig wird dir hier bestimmt nicht, hier gehts manchmal richtig ab! Was ich letzten Monat über meine Mutter erfahren habe, daß sie mich versucht hat abzutreiben, das war unglaublich heftig! Obwohl ich ein alter Hase bei Aufstellungen bin. Ich habe danach noch eine Woche lang geweint! Aber jetzt gehts mir so viel besser!"

Andreas stutzte innerlich; der Mann hatte mit seiner letzten Bemerkung die zwischen völlig Fremden natürliche Grenze von kontaktfreudiger Offenheit und distanzloser Intimität eingerissen. Sein erstes ungutes Gefühl, das er angesichts der nüchternen Umgebung empfunden hatte, verstärkte sich wieder. Denn gerade als Yogalehrer wußte er, daß die sicherste Methode, eine Schule zu beurteilen, nicht im Abchecken der Qualifikationen des Lehrers lag, sondern darin, einen ersten Eindruck über die Schüler zu gewinnen. Sie spiegelten in ihrer oft naiven, nachahmenden Unvollkommenheit das Wesen des Lehrers meist erkennbar besser wider als dieser selbst. Wenn also ein Teilnehmer der Männergruppe, duzend und kumpelhaft, sofort mit dem Abtreibungsversuch seiner Mutter herausplatzte, dann wies dies vermutlich auch auf eine gewiße Distanzlosigkeit des Therapeuten hin.

Solche Gedanken zogen alle halbbewußt und sehr schnell durch seinen Kopf; noch war er entschlossen, sich im Rahmen einer Männergruppe auf die neue Erfahrung einer „Trauma-Aufstellung", einzulassen; ein Trauma hatte er ja zu bieten, deswegen war er schließlich hier.

Inzwischen hatten sich ein paar weitere Männer eingefunden, freundliche Begrüßungen und Umarmungen, man kannte sich offenbar gut. Aus einem Auto stieg eine blonde Frau um die Vierzig, in praktischen Jeans und eilte mit energischen Schritten zum Eingang. Von der Webpage her erkannte er sie als Assistentin des Psychologen. Sie schloß die Tür auf und sagte resolut: „Auf gehts, Männer!" Andreas mußte lächeln, es war lustig: eine Männergruppe, von einer Frau geführt, – zumindest ins Gebäude hinein.

In der Praxis, die in warmen orangerotgelben Farbtönen gehalten war, wies im Eingangsbereich eine Armada von bereitstehenden grauen Filzpantoffeln stumm darauf hin, daß man die Straßenschuhe gegen sie austauschen sollte. Dieser Anfang war nicht nach seinem Geschmack. Denn der Sinn dessen, die Schuhe auszuziehen, konnte nicht darin liegen, den potentiellen Dreck an den Sohlen vom Parkettboden fernzuhalten, – dafür reichte normalerweise eine Fußmatte. Es wirkte daher wie eine forcierte Kuschligkeit, als würde mit subtilen Mitteln schon beim ersten Eintreten in die Praxis versucht, eine gewiße Gruppengemütlichkeit von vornherein zu erzeugen. Die fließend in einen Gruppenzwang übergehen konnte; denn wenn man seine eigenen Schuhe für flauschige Pantoffeln tauschte, das war Andreas intuitiv klar, wurde auch die eigene Haltung sofort gemütlicher, sozialer, weniger auf Unabhängigkeit bedacht. Und praktisch gesehen wurde es einem natürlich mit Filzlatschen unter den Füßen psychisch erschwert – Andreas assoziierte mittelalterliche Fußketten –, einfach wieder die Praxis zu verlassen, falls man sich doch unwohl fühlte.

Als er mit den Pantoffeln an den Füßen und einem deswegen leicht irrealen Gefühl durch den langen Flur schlurfte, von dem einige große Zimmer abgingen, wurde seine Erwartung, hier tiefenpsychische Aufklärung zu finden, weiter gedämpft. An einem langen Tisch mitten auf dem Gang waren neben Fruchtsäften, Thermoskannen mit Tee und Kaffee, Mineralwasserflaschen, auf Tellern jede Menge Süßigkeiten aufgeschüttet: Kekse, Waffeln, Lakritzschnecken, Gummibärchen; mit seinem Kindheitsgedächtnis identifizierte Andreas den Inhalt einer prall gefüllten Schale als *Haribo* „Colorado"-Mischung.

Für normale Naschkatzen war diese Tafel bestimmt ein kleines Paradies und Andreas war vom Naturell her der letzte, der anderen kleine Sünden oder Freuden mißgönnte. Nur hatte er, trotz seines frischen Scheiterns als Veganer, seit langem ein ausgeprägtes Interesse und echte Erfahrung mit Ernährung. Daher wußte er, aus dem Bauch heraus, nicht nur intellektuell, daß diese Arten von Süßigkeiten nur körperliche Suchtmechanismen bedienten und die ernährungsmäßige Entsprechung zu Heroin oder eher noch Crack, darstellten. Solche industriellen

Zuckerprodukte waren mehr ein Gift als ein Lebensmittel. Sie jagten für einen kurzen Kick den Blutzuckerspiegel gnadenlos hoch, bevor er wieder ins Bodenlose fiel; sie fütterten sofort die Fettdepots um die Hüften, brachten den natürlichen Stoffwechsel durcheinander und bildeten die abkürzende Superschnellstraße zu Übergewicht und Diabetes und allen damit verbundenen Krankheiten. In dieser Charakteristik von zuviel Zucker waren sich selbst die untereinander feindlich gesinntesten Diäten alle einig, sei es Traditionelle Chinesische Medizin oder Rohkost, Vegan oder Paleo, offizielle Wissenschaftler ebenso wie alternative Heiler.

Ganz ohne Augenzwinkern hätten für seinen in dieser Hinsicht geschulten Blick dort auch Heroinspritzen oder Kokaintütchen auf dem Tisch zum Snacken liegen können. Man mußte natürlich als Trauma-Psychologe nicht unbedingt ein Ernährungsexperte sein, vor allem in den arbeitsteiligen Gesellschaften von heutzutage war dies wohl zuviel verlangt. Vermutlich waren die Süßigkeiten als freundlicher Willkommensgruß gedacht, vielleicht sogar direkt an die oft verdrängte Kinderseele in den Erwachsenen gerichtet; den Werbespruch: „Haribo macht Kinder froh und Erwachsene ebenso" als therapeutisch heilendes seelisches Trostpflaster uminterpretierend.

Im günstigsten Fall zeigte sich in dem präsentierten Süßkram naive Ahnungslosigkeit, jedenfalls sanken seine Erwartungen an die Männergruppe; denn schlimmstenfalls wollten ihm zuckersüchtige Pantoffelhelden psychische Abgründe erklären, was ihm selbst wie ein allertiefster Abgrund erschien. Obwohl er bisher kein Wort mit dem Seminarleiter Hans Pan gewechselt hatte, der sich im Flur umringt von männlichen Teilnehmern, freundlich und entspannt unterhielt, merkte

Andreas, daß seine eigentlich prinzipielle Offenheit am Verfliegen und durch wachsendes Mißtrauen ersetzt worden war.

Er versuchte, sich zusammenzureißen. Zu viele Gummibärchen und Lakritzschnecken und „Zwangspantoffeln" waren zwar Indizien für Gestörtheit, aber keineswegs Beweise. Im Zweifel für den Angeklagten: Mit einem Lächeln ging er auf Pan zu und stellte sich kurz vor. Nicht ohne ein paar anerkennende Worte über dessen strukturierte Homepage zu verlieren – er konnte auch richtig schleimig sein – und darüber, daß eine seiner Yogaschülerinnen von dem Psychologen geschwärmt habe. Und Andreas betonte, daß er heute gerne auch selbst „ein Trauma aufstellen" würde.

Während er so redete, erinnerte ihn das milde Lächeln des Psychologen auf eine frappierende Weise an Chrystalmans freundliche Mimik gestern auf dem Smartphone. Jeder Mensch hatte natürlich im sozialen Umgang mit Fremden zunächst immer irgendeine eine Maske auf, aber daß gleich zwei Welterklärer – anerkannte Koryphäen auf ihrem jeweiligen Gebiet – eben dieser Welt mit verständnisvollem Lächeln begegneten, fand Andreas ein bißchen zu künstlich, um wahr zu sein. Vor allem, weil bei beiden die Augen nicht mitlächelten, es ein präsentiert intellektuelles und kein empfundenes Lächeln war. Im Unterschied dazu hatte beispielsweise das Lächeln des Dalai Lama jene Verbindung zu den Augen und wärmte deswegen auch sofort die Herzen von wildfremden Menschen.

Das war wie so viele Dinge eher schwer äußerlich zu beschreiben, aber sehr leicht innerlich zu spüren. Faszinierend fand Andreas, daß, obwohl Chrystalman im Unterschied zum ungefähr gleichaltrigen Pan einen durchtrainierten, völlig vitalisierten Yoga-Körper besaß, die Künstlichkeit des Lächelns beide dennoch extrem ähnlich in ihrer Ausstrahlung machte. Als würden psychische Prozesse die Aura von Menschen am

Ende mehr bestimmen als selbst jahrzehntelanges körperliches Training.

Der Flur füllte sich mit männlichen Teilnehmern, die meisten in mittleren Jahren, aber auch ein paar junge und alte Männer waren dabei. Wie er aus den Gesprächen aufschnappte, kamen sie aus allen Ecken Europas, aus Brüssel, aus Wien, aus Istanbul, die wenigsten direkt aus München. Er war offenbar bei einer sehr gefragten Veranstaltung gelandet. Langsam wich seine erste Enttäuschung wieder und er war neugierig, was passieren würde.

Nach einer mit Smalltalk und Teetrinken und Kekse knabbern ausgefüllten Viertelstunde wurden die knapp dreißig Männer von der Assistentin in einen der großen Räume gebeten und alle setzten sich auf zu einem großen Kreis hingestellte Stühle. Auch Hans Pan kam herein und setzte sich, der Platz neben seiner Rechten blieb frei. Die Tür wurde von der Assistentin zugemacht, – sie selbst blieb allerdings in der „Männerrunde" für Andreas überraschenderweise anwesend.

Es ging damit los, daß jeder sich kurz mit Namen vorstellte und erklärte, ob er selbst ein „Anliegen" aufstellen oder nur als Beobachter mitmachen wollte. Manche streuten persönliche Bemerkungen ein. Jemand sagte, daß er bekehrter „Panianer" sei und sich sehr freue, heute und hier dabei sein zu dürfen. Trotz des spaßigen Untertons bei dem Wort „Panianer", das sich offensichtlich auf Hans Pan bezog und vom beifälligen Gelächter der andern begleitet wurde, lag für Andreas plötzlich etwas zutiefst Humorloses in der Luft. Ein warnendes Bauchgefühl, Intuition, signalisierte ihm, daß, wenn man kein „Panianer" war, die äußerlich präsentierte Herzlichkeit dieser im Kreis vereinten Menschen schnell ersterben und sich in Abneigung oder Schlimmeres wandeln würde.

Aufgrund dieser zwar vagen, aber dennoch sehr intensiven Empfindung sagte er, als die Reihe an ihm kam, daß er diesmal nur beobachten, aber nicht selbst aufstellen wolle. Weil sein unbewußtes Mißtrauen, in eine Art Sekte hineingeraten zu sein, minütlich und unwillkürlich gewachsen war, würde es ihm unmöglich sein, sich, wie eigentlich ursprünglich geplant, vor völlig Fremden seelisch zu entblößen und seine „Minor Swing"-Mißbrauchsstory zu erzählen. Als Beobachter war er allerdings immer noch offen und bereit, eine neue Erfahrung zu machen.

Nachdem alle sich kurz vorgestellt hatten, nahm ein hagerer Mann von etwa vierzig Jahren in Jeans und Holzfällerhemd neben Pan und diesem zugewandt Platz. Er würde der erste sein, der ein Trauma „aufstellte". Was ihn 80 Euro kosten würde, nur beobachtend teilnehmen, war dagegen umsonst. Andreas rechnete kurz durch: Bei geplanten 8 Aufstellungen in acht Stunden machte das 640 Euro pro Tag als Honorar, damit ließen sich die kostenlosen Gummibärchen und Teebeutel sicherlich gegenfinanzieren.

Der erste Schritt war laut Homepage ein Vorgespräch über das „Anliegen" mit dem Leiter. Andreas hatte sich naiverweise unter einem seriösem „Vorgespräch" eine geschützte vier Augen Situation vorgestellt, in der der „Aufsteller", der ja vermutlich echte Hilfe suchte, dem Psychologen kurz sein Problem schilderte, bevor es dann öffentlich und aufstellungsmäßig zur Sache ging. Stattdessen ging es hier offenbar sofort und vor aller fremden Augen zur Sache, ohne jede vorbereitende Anamnese. Was Andreas, ohne natürlich ein Experte zu sein, befremdlich fand, da psychisch labile Menschen unter dem Druck einer öffentlichen Gruppensituation schnell völlig in eine Psychose rutschen könnten. Als würde er als Yogalehrer auch einen schwer Übergewichtigen sofort einen Kopfstand versuchen lassen, ohne sich um das Verletzungsrisiko groß zu kümmern.

Noch befremdlicher war dann das „Vorgespräch" selbst. Der Mann schluchzte sofort los und sagte, mit bebenden Schultern, daß das, was seine Mutter ihm angetan habe, sein Leben zerstört habe und er nicht wisse, wie er das noch aushalten solle. Pan fragte freundlich nach, was sie denn getan habe. Der Mann erwiderte, sie habe ihn noch im Mutterleib töten wollen. Er sei ein verletzbares kleines Embryo gewesen und sie habe Gift genommen, Schimmelpilze von verdorbenen Pfirsichen. Aber er habe dieses Attentat überlebt, denn er wollte so sehr leben, aber jetzt fühle er einen Schmerz über den Haß seiner Mutter, der ihn aus dem Leben ziehe. Und das möchte er gerne jetzt aufstellen, wie er wieder ganz ins Leben kommen könne, mit ganzem Herzen.

Pan nickte bedächtig und sagte mit warmer Stimme: „Gut, daß du den Mut gefunden hast, dich deinem Schmerz zu öffnen. Ich verstehe dich. – Dann such dir jetzt erst mal einen Stellvertreter für dich im Mutterleib, als du in Kontakt mit dem Gift kamst, den Schimmelpilzen."

Der Mann nahm aus einer schon bereitstehenden Packung ein *Kleenex* Tuch und wischte sich sein verheultes Gesicht ab. „Das mache ich!" Er schaute sich in der Runde um, Andreas schaute sofort weg, betend, daß er nicht ihn auswählte. Er nahm jedoch einen älteren grauhaarigen Herren als „embryonischen" Stellvertreter.

Dieser ging sofort in die Mitte des Kreises und sagte mit leiser Stimme: „Ich fühle mich so ungeborgen!" Andreas war erstaunt, wie schnell der alte Mann in seiner Rolle als Embryo drin war, von der ersten Sekunde völlige Bühnenpräsenz zeigte, wie ein ausgebildeter Schauspieler; der er nicht war, er hatte sich anfangs als Arzt vorgestellt.

Der jüngere Mann, als das „erwachsene Ich", stellte sich hinter den älteren und legte seine Hände auf dessen Schultern. „So besser?"

„Viel besser!" Doch dann fing der „Embryo" an zu zittern, sackte wie gefällt zu Boden und wandt sich dort zusammengekrümmt wie mit Bauchkrämpfen, dabei einige Male mit den Handflächen auf das Parkett schlagend. „Mir ist so schlecht, es tut so weh, es sticht und sticht!"

Pan schaltete sich von seinem Sitz aus ein. „Stell mal jetzt die Mutter dazu!" Das „erwachsene Ich" schaute sich wieder im Kreis um und stellte einen schwarzgelockten knabenhaften Mann als seine Mutter auf. Die „Mutter" ging sofort von dem „Embryo" weg, verließ den Kreis und schaute unbeteiligt aus dem Fenster. Der „Embryo" zuckte jetzt wie bei einem epileptischen Anfall auf dem Boden und schrie mit Donnerstimme: „Hilfe, Hilfe, Hilfe!"

Dann wurden noch die Schimmelpilze, mit denen die Abtreibung versucht worden sei, aufgestellt: Ein unscheinbarer Mann, der distanziert um den „Embryo" herumtänzelte und immer wieder sang: „Wir töten, was wir lieben, wir töten, was wir lieben!" Schließlich bevölkerten noch der fehlende Vater, die Großmutter mütterlicherseits, die wiederum ihre Tochter versucht hatte abzutreiben, sowie eine vergewaltigte Urgroßmutter, ebenfalls mütterlicherseits, die Szenerie.

Es war ein Heidenspektakel, inhaltlich Generationen übergreifend, mit viel Geschrei und fließenden Tränen. Andreas war fasziniert, daß alle Stellvertreter aus dem Stand heraus völlig und distanzlos mit ihren Rollen verschmolzen schienen, es gab keinerlei Durchhänger. Alle wußten immer, was und wie zu tun und zu sagen war.

Das Ergebnis der Aufstellung, als sich der emotionale Pulverdampf verzogen hatte und alle Personen mit herzlichen

Umarmungen aus dem Kreis und ihrer Stellvertreterrolle ent-
lassen wurden, fand er allerdings wenig faszinierend: Die
Mutter habe den Sohn schon als Ungeborenen nicht wirklich
geliebt und seine Lebensaufgabe sei es nun, diesen Schmerz
ohne Verdrängung auszuhalten und zu integrieren. Und, statt
auf die nie sich erfüllende Liebe der Mutter zu hoffen, sich
endlich selbst lieben zu lernen.

Zusammengefaßt von Pan mit den abschließenden Worten:
„Deine Mutter ist deine Mutter und du bist du. Ihr seid nicht
mehr verschmolzen! Du kannst jetzt endlich dein Leben leben,
nicht mehr ihres!"

Das klang zwar intellektuell alles sehr einleuchtend, zudem
Pan eine mitfühlende Art an den Tag legte, aber Andreas war
trotzdem sowohl geistig als auch emotional unangenehm
berührt. Was seinen Geist extrem störte, war die Tatsache, daß
die Mutter als Ursache des Lebensproblems vom Anfang an als
Übeltäterin bewußt schon gesetzt war. Das ganze um die
Mutter und den Abtreibungsversuch kreisende Theater, im
wahrsten Sinne des Wortes, war also keine aus dem Unbewußten gefischte Erkenntnis, sondern nur eine lebendige Aus-
schmückung des vorher schon Behaupteten. Ein primitiver
Zirkelschluß, allerdings sehr showmäßig exerziert, mit dem
man alles beweisen konnte.

Daß zudem ein erwachsener Mann heulend seine Mutter
am Elend seines Lebens beschuldigte – in einem halböffent-
lichen Raum unter vielen Fremden –, hatte für Andreas etwas
zutiefst Würdeloses. Der Mann war kein bedürftiges Baby
mehr, aber er verhielt sich so. Und diese Regression schien kein
therapeutisches Mittel zu sein, um sozusagen spielerisch
psychischen Mechanismen auf den Grund zu gehen, sondern
verkörperte eine echte Lebenseinstellung: Die Mutter habe
schuld, an allem.

Auch bei der nächsten Aufstellung war die Mutter wieder die Ursache des Elends. Diesmal an der Depression eines Mannes, die darauf beruhte, daß sein jüngerer Bruder als Kleinkind an einer Infektion gestorben sei und der Ältere für seine Mutter dann den Jüngeren ersetzen sollte, und deswegen nie zum eigenen Leben gekommen sei. Wieder floßen Tränen, brachen Stellvertreter auf dem Boden zusammen, und wieder war das Ende vom Lied die von vornherein gesetzte kalte Mutter, von der man sich illusionslos lösen müsse.

Andreas hatte nach diesen ersten zwei Trauma-Aufstellungen, die jeweils eine Stunde dauerten, genug gesehen und nutzte die Mittagspause, um sich seiner Pantoffeln zu entledigen und die Praxis zu verlassen. Da er aber letztlich ja ein hier freundlich aufgenommener Gast war, verabschiedete er sich auf dem Flur kurz persönlich von Pan.

„Ich muß jetzt los, hab leider noch einen Termin. War alles sehr intensiv, muß es verarbeiten." Glatte Lügen, aber die Wahrheit zu sagen, daß er um nichts in der Welt noch weitere sechs Stunden diesen Inszenierungen als Zeuge beiwohnen würde, verbot ihm seine Höflichkeit. Pan nickte ihm etwas mißmutig zu, während er sich gleichzeitig abwandte: „Du mußt das tun, was du fühlst, das ist immer das Wichtigste." Eine authentische innere Kälte hatte den äußeren warmherzigen Schein ersetzt.

6

Obwohl er, wieder im Auto, gottfroh war, den Mut gefunden zu haben, sei es mithilfe von Lügen, die Psychogruppe zu verlassen – was schwieriger war, als man denken mochte, da jede Gruppe einen unbewußten und deswegen umso stärkeren Druck der Zugehörigkeit ausübte –, hing seine innere Existenz, sein Selbstbild als Yogalehrer immer noch an einem seidenen Faden. Nichts war gelöst, solange er beim Hören von „Minor Swing" aus dem Kopfstand fiel. Vor allem und dieser neue Gedanke jagte eiskalt seinen Rücken rauf und runter, möglicherweise würde er gar keinen Kopfstand mehr machen können, weil inzwischen nicht mehr „Minor Swing", sondern der Kopfstand als solcher seinen Kindheitshorror als Trigger auslöste, den verzweifelten Mix aus dem Selbstmord des Vaters und dem Haß der Mutter. Was bedeuten würde, daß nicht nur seine sozusagen psychische Existenz als Yogalehrer gefährdet war, sondern auch seine äußere und ganz reale. Denn wenn es gar nicht anders ginge, könnte er zwar um „Minor Swing" einen großen Bogen in seinem Leben zu machen versuchen, in menschlicher Demut die Verdrängung des Schmerzes gewissermaßen akzeptieren, – aber als Yogalehrer konnte er keinen Bogen um den Kopfstand machen, das wäre ein professionelles Armutszeugnis.

Andreas mußte sofort austesten, ob er noch wie früher „Sirsasana" ausüben konnte. Er stieg aus dem vor der Praxis des Psychologen geparkten Auto wieder aus und ging zu einer kleinen Tordurchfahrt, um ein bißchen vor möglichen Blicken geschützt zu sein. Er kniete sich hin und kam mit einer leichten und eleganten Bewegung wie immer in den Kopfstand hinein. Aber dann merkte er, daß er in den Beinen zu zittern anfing und daß ihm am Rücken der Schweiß ausbrach. Er hatte einen Kloß im Hals, es war, als würde der verzweifelte und traurige Junge von damals wieder die Regie übernehmen. Er fühlte, daß er in dieser seelischen Verfassung die notwendige Körperspannung nicht mehr lange halten konnte; und ließ seine Beine wieder zu Boden sinken, um nicht wie an der Ostsee unkontrolliert zusammenzusacken.

Daß er tatsächlich im Augenblick keinen souveränen Kopfstand mehr machen konnte, schockte ihn mit einer kleinen Verzögerung bis ins Mark hinein. Wie eine Blutvergiftung jenseits der zunächst lokalen Wunde langsam den ganzen Körper schwächt und gefährdet, so schien sein Kindheitstrauma allmählich und unaufhaltsam immer weitere Kreise zu ziehen. Sein sowohl kräftiger als auch geschmeidiger, bis in die Knochen und die inneren Organe hinein durchtrainierter Körper, sein supersensibler „Subtle Body", den er seit über einem Jahrzehnt praktisch täglich kultiviert und entwickelt hatte, ließ sich offenbar von seinem Bewußtsein nicht mehr wie bisher steuern.

Unbewußte Prozesse hatten seinen innersten Körper geentert, er war nicht mehr Kapitän auf seinem eigenen Schiff: Ein physischer Kontrollverlust, der für ihn als Yogalehrer eine Katastrophe bedeutete. Wie sollte er Schülern Asanas wie Kopfstand vermitteln, wenn er sie selbst nur noch zitternd beherrschte, nur unvollkommen vorturnen konnte?

Weil sein hochgespültes Kindheitstrauma für sein fehlendes Gleichgewicht – im wahrsten Sinne des Wortes – verantwortlich war, sein körperliches Problem eine psychische Ursache hatte, gab es letztlich nur zwei Möglichkeiten: Entweder er machte den Stöpsel zur Vergangenheit wieder zu oder er versuchte, den Horror irgendwie zu integrieren, so daß der Gedanke daran ihn nicht mehr aus der Balance brachte.

Sollte er vielleicht in die psychologische Praxis zurückkehren, dachte er und doch eine Trauma-Aufstellung versuchen?! Er würde eigentlich perfekt hineinpassen, mit seiner damals und wohl jetzt wieder alkoholabhängigen Mutter, die seine geliebte Gitarre an der Wand zerschlagen hatte. Sexuellen Mißbrauch gab es auch inklusive im Angebot, die Leute würden ausflippen vor Mitgefühl.

Aber er verwarf den Gedanken sofort wieder; seine echte Abneigung vor dieser ritualisierten und alle Lebensübel auf die einst fehlende Liebe der Mutter, das sogenannte Symbiosetrauma, schiebende Therapie war zu groß. Mit dem Kopf konnte er zwar das Modell nachvollziehen: Das ungeliebte geschockte Baby, das auch noch Jahrzehnte später völlig verstrickt mit seiner Mutter die nie bekommene Liebe dort sucht, wo sie einfach nicht ist, eben bei der Mutter oder ihren Stellvertreterinnen in Gestalt von anderen Frauen. Oder durch extreme Projektion, die Geschlechterbarriere durchbrechend, sogar bei Beziehungen zu Männern die Mutter suchend. Aber sich flennend vor fremden Menschen auf dem Boden zu wälzen, konnte keine Lösung sein; das war eine zu erbärmliche Regression für erwachsene und selbstverantwortliche Menschen. Aber auch ohne eine solche intellektuelle Begründung fühlte es sich für sein Empfinden, tief in seinen seelischen Eingeweiden, falsch und lebensfremd an.

Eine seltsam depressive Grundstimmung, die er so gar nicht bei sich kannte, breitete sich wie ein Schmerzmittel mit sanft betäubender Wirkung in ihm aus. Sogar der Gedanke, für immer mit Yoga aufzuhören, tauchte kurz am Horizont auf.

Trotzdem machte er sich jetzt auf den Weg zum Astrologen Quantenfeld, der auf der anderen Isarseite der Stadt, in Laim, wie *Google Maps* in Satellitenansicht anzeigte, ein Häuschen mit kleinem Garten in einem Wohngebiet hatte. Nach der ernüchternden Erfahrung mit den erlebten „Aufstellungen" und dem gestrigen, enttäuschenden Videokontakt mit seinem amerikanischen Yogalehrer waren seine Erwartungen allerdings minimal. Er hatte ja auch keine Ahnung, ob er ihn überhaupt antreffen würde. Aber wo sonst, wenn nicht bei einem Astrologen, wo sich alles um die Qualität des jeweiligen Augenblicks drehte, war ein spontaner, dem Moment vertrauender Besuch einen Versuch wert?! Schlimmeres als umsonst hingefahren zu sein, konnte ihm nicht mehr passieren.

Da er von seiner Yogaschülerin gehört hatte, daß der Astrologe sehr teuer sei und bis zu fünfhundert Euro für eine private Sitzung nehmen würde, zog er diese Summe unterwegs prophylaktisch aus einem Geldautomaten. Es wäre ein irrsinniges Honorar, sicherlich keine „Peanuts", auch wenn er als Yogalehrer ein gutes Auskommen hatte. Aber Geld war für ihn im Augenblick überhaupt gar kein Maßstab, sondern ihn bewegte einzig die Frage, wie er wieder einen souveränen Kopfstand schaffen konnte. Selbst die kleinste Chance zur Lösung seines Problems wollte er nutzen; sei es auch ein alter Astrologe, er hatte in dieser Hinsicht keinerlei Berührungsängste. Immerhin hatten Astrologie und Yoga sogar eine Gemeinsamkeit: Beide waren uralte, durch Zeit und viele Erfahrungen geprüfte menschliche Beschäftigungen.

Das Haus des Astrologen stand in einer unspektakulären Wohngegend mit Einfamilienhäusern. Die Gleise einer Straßenbahn zerfurchten die anliegende Straße. Der Asphalt zeigte teilweise Risse und Verwerfungen, was einen Eindruck von Natürlichkeit erzeugte, ähnlich wie Lachfalten in einem älteren

Gesicht. Parkplätze gab es genug, Andreas konnte sein Auto fast direkt am kleinen Holztor des Eingangs abstellen. Im Unterschied zu den Nachbarn war der Vorgarten sichtbar verwildert, statt gepflegten Rasen und arrangierten Blumenbeeten gab es wuchernde Büsche und ungestutzte Bäume, zwischen denen ein kleiner Kiesweg zum Haus führte.

Er drückte den Klingelknopf neben einem grüngrauen, verwitterten Holzbriefkasten mir einem reliefartigen Posthorn, wo auf dem Namenschild in unaufdringlichen kleinen Buchstaben „Quantenfeld" zu lesen war. Nichts wies auf den bekannten Astrologen hin; ein großer Unterschied zum extravertierten Namensschild des Psychologen Pan, dessen fette Edelgravur auf gebürstetem Aluminium den Betrachter mit den offiziellen Titeln „Prof. Dr." schon auf den ersten Blick ansprang.

Aber gerade diese im direkten Vergleich unprofessionelle Schlichtheit wirkte auf Andreas sympathisch und vertrauenserweckend. Auch das sofort das Tor „aufsummte", ohne daß Andreas nach seinem Namen gefragt wurde, hatte etwas wortlos Freundliches. Als er das Haus erreichte, stand ein alter Mann mit einem Schäferhund bei Fuß an der Tür. Klein und drahtig, buschige Augenbrauen, ein weißer ungekämmter Haarkranz. Sofort fielen Andreas die fast schwarz wirkenden Augen auf, die ihn mit einer lasermäßigen Intensität nüchtern musterten. Es war ein seltsamer Blick, intensiv, aufmerksam, aber kühl. Kein mildes Guru-Lächeln weit und breit, die wortlose Distanziertheit des Mannes wirkte nicht wie ein herzerwärmender Willkommensgruß, doch dafür immerhin authentisch.

Dann lächelte er plötzlich und sagte mit erstaunlich kräftiger und überraschend freundlicher Stimme:„Ich habe Sie schon erwartet! Kommen Sie rein!" Der Hund schnupperte an den Schuhen von Andreas.

Andreas stutzte: „Sie haben mich erwartet?"

„Wenn Sie Wassermann sind, ja!"

Andreas lächelte perplex: „Ja, ich bin Wassermann." Der Astrologe lächelte und machte eine Geste, ihm zu folgen. Sie gingen durch das helle Haus, der Schäferhund verschwand über eine Wendeltreppe im oberen Stockwerk. Ihm fiel auf, daß nirgends an den weißgestrichenen Wänden irgendwelche Bilder hingen. Zusammen mit den abgezogenen Dielen, abgebeizten Holztüren und den vielen Pflanzen wirkte der Flur auf eine ungewöhnliche Weise spartanisch und organisch gleichzeitig.

Quantenfeld, dessen Gang zwar energisch, aber vom Alter schon gebeugt war, führte ihn in ein großes Zimmer; ein schwarzer Flügel mit aufgeschlagener Partitur fiel sofort ins Auge. In einer Ecke lag ein Geigenkasten, in einer anderen lehnten eine Gitarre und ein Cello an der Wand. Die Regale an den Wänden waren vollgestopft mit Büchern. In einer Ecke am Fenster standen Sofa und Sessel um einen kleinen Tisch. Auf einer kleinen Ablage stapelten sich Horoskope. Es wirkte in diesem Zimmer im Vergleich zum geordneten Flur alles chaotischer.

Quantenfeld bat ihn, auf dem abgewetzten Ledersofa Platz zu nehmen, und setzte sich dann mit bedächtigen Bewegungen ihm gegenüber. Auf dem Tisch stand neben einem aufgeklapptem Laptop eine alte, verchromte kleine Espressomaschine, mit Holzgriffen am Hebel und einem Adler über dem Wassertank; daneben waren einige benutzte und unbenutzte Tassen. „Möchten Sie?"

Andreas nickte: „Okay!"

Quantenfeld schaltete die Kaffeemaschine ein. „Dauert ein bißchen. Ich wußte zwar, daß heute ein Wassermann aufkreuzen würde, aber warum Sie kommen, weiß ich nicht. Bin schließlich kein Hellseher. Also, schießen Sie los!"

Andreas grinste kurz. „Eine Schülerin von mir – ich bin in Berlin Yogalehrer –, Beate Müller, hat von Ihrer Beratung geschwärmt. Brauchen Sie meine Geburtsdaten?!"

„Ach, die Frau Müller! Grüßen Sie sie herzlich! – Nein, brauch ich erst mal nicht. Erzählen Sie erst mal, Astrologen sind auch nur Menschen. Davon abgesehen habe ich allmählich eine ungefähre Idee über Ihr Horoskop. Löwe Aszendent, so selbstverständlich und kontaktfreudig wie sie hier reinschneien; dann ist die Sonne im siebten Haus; also nachmittags geboren. Circa 35 Jahre alt, damals stand der Pluto in der Waage, in Ihrem dritten Haus vermutlich. Paßt zu Yoga, formorientierte Körperarbeit, beziehungsweise, wenn kritisch: zwanghafte Ausübung. Aber lassen wir das erstmal." Er machte eine auffordernde Geste zu Andreas.

Dieser sagte überrascht: „Oh, ich bin nachmittags geboren. Beängstigend, ehrlich gesagt, ihre richtige Vermutung, so aus dem Stegreif."

Quantenfeld winkte ab. „Ach, einfach nur sechzig Jahre Erfahrung!"

Andreas erzählte zum wiederholten Mal seine Story, daß er keinen Kopfstand mehr machen konnte, weil er dabei den zerberstenden Kopf seines Vaters und den Haß in den Augen seiner Mutter sah.

Quantenfeld hörte zu, ohne zu unterbrechen, schenkte nur zwischendurch sich und seinem Gast Espresso ein. Als Andreas fertig war, sagte er mit seiner erstaunlich kräftigen, zu seinem alten Körper kontrastierenden Stimme: „Im Grunde können Sie froh sein, daß Sie die Kontrolle verloren haben und aus dem Kopfstand gefallen sind. Es heißt zunächst positiv einmal, daß Ihr Unbewußtes noch am Leben ist. Daß Sie kein programmierter Roboter sind, nur intellektuell gesteuert – fehlgesteuert! – wie so viele inzwischen. Aber ich will nicht weiter improvisieren, ist doch eine ernste Sache offenbar. Das dauert jetzt etwas, also vielleicht zehn Minuten. Wenn Sie wollen, können Sie auf dem Flügel herumhämmern oder nehmen Sie die Geige dort, irgendwo müßte auch noch eine verstimmte Gitarre sein. Das hier ist sozusagen mein Musikzimmer."

Andreas erwiderte: „Oh, ich kann nicht spielen. Seitdem meine Mutter die Gitarre zerschlug, hab ich fast Angst vor Musik."

„Ein richtig schwerer Fall!" Quantenfeld lächelte kurz zu ihm. Dann schob er den Laptop zu sich, das Astrologie-Programm war bereits geöffnet und erstellte, indem er Andreas nach dem Datum, der Zeit und dem Ort seiner Geburt fragte, das Horoskop; welches Sekundenbruchteile nach der Eingabe der Daten als Bild in einem neuen Fenster aufpoppte. Quantenfeld versank in Schweigen, den Bildschirm betrachtend. Andreas selbst schaute aus dem Fenster, in den verwilderten Garten. Einmal streunte der Schäferhund ins Zimmer und ließ sich von ihm kurz am Hals kraulen.

Auch wenn Andreas bisher nicht besonders an Astrologie glaubte, war es doch eine seltsame Sache, jemanden gegenüber zu sitzen, der stumm aber hochkonzentriert in sein Horoskop schaute und sich offenbar echte Gedanken über sein Leben machte. Ihn beschlich ein ähnliches zweischneidiges Gefühl wie vorgestern, als der Zahnarzt das Röntgenbild seines verfaulten Zahnes betrachtet hatte. Einerseits war ihm unbehaglich gewesen, weil er keine guten Nachrichten erwartete, andererseits war er auch froh gewesen, endlich mit der Wahrheit konfrontiert zu sein und einer hoffentlich möglichen Heilung.

Es kam ihm wie eine Ewigkeit vor, aber es waren eher nur fünf Minuten, als Quantenfeld sich kurz räusperte und sagte:

„Okay; das Entscheidende ist, Sie verwechseln perfektes Handeln, Ausübungen, also zum Beispiel von Yogahaltungen, mit Identität. Pluto-Merkur in Ihrem Fall. Da sind Sie allerdings nicht der einzige, es gibt viele, auch sogar sehr große Begabungen, begnadete Musiker, Tänzer, Fußballspieler, aber auch ganz normale Talente, deren Finger, Beine oder Füße plötzlich nicht mehr mitmachen und die dann weg vom Fenster oder Schlimmeres sind. Da gibt es richtig tragische Fälle: Ein Schauspieler, der Supermann gespielt hatte, war plötzlich querschnittsgelähmt, eine irrsinnig virtuose Cellistin bekam Multiple Sklerose und die angeblich unsinkbare Titanic, ein kleiner Gedankensprung, sank. Oder noch einen Gedankensprung weiter, als Wassermann und Yogalehrer können Sie mir da bestimmt folgen: Vor einer Weile war doch ein weltweit bekannter Yogaguru in der Presse, beschuldigt des sexuellen Mißbrauchs in ziemlich vielen Fällen.

– Was ich damit sagen will, einleitenderweise: Sie können noch so perfekt irgendwo sein, wenn sie anfangen abzuheben, selbst nur im stillen Kämmerlein oder gerade wenn da, also seelisch, was nicht so harmlos ist, wie viele denken, dann greift irgendwann das Schicksal korrigierend ein und bringt, oder stutzt Sie auf das menschliche Maß zurück. Daß Sie aus dem Kopfstand fallen – stellen Sie sich mal umgekehrt vor, Sie wären NICHT aus dem Kopfstand gefallen, obwohl Sie den zerplatzenden Kopf Ihres Vaters vor Augen hatten und Ihre medusenhafte Mutter –, das wäre doch viel schlimmer, dann wären Sie nämlich vom menschlichen Empfinden schon völlig abgeschnitten. Nun ist es eben bei Pluto-Merkur immer so, eine Ihrer Konstellationen, daß man dazu neigt, sich in Zwangshandlungen zu flüchten, um sein Empfinden zu betäuben.

Yogahaltungen sind da geradezu ein klassisches Beispiel. Übrigens auch von der eigenen Ideologie her: Yoga ist entwickelt worden, um den Geist ‚zur Ruhe zu bringen'. Ich glaube sogar, der Lotussitz betäubt das Schmerzgefühl beim langen Sitzen in den Beinen und ermöglicht deshalb erst langes Meditieren. Aber das ist vielleicht doch Quatsch. Entscheidend ist jedenfalls, daß nicht nur der Geist beim Yoga zur Ruhe gebracht wird – damit könnte ich gut leben bei all den Klugscheißern auf der Welt –, und daß nicht nur der Körper wohlgeformt wird, wie man bei Ihnen sieht, was auch nichts Schlechtes sein kann, sondern leider eben auch das echte Empfinden sich tendenziell auslöscht, das Unbewußte abgeblockt wird. Und genau an dieser Schwelle stehen Sie jetzt. Betäuben Sie weiter das Entsetzen über Ihre Eltern, das am Ende auch ein Entsetzen und Schmerz über Ihre eigene Unvollkommenheit ist oder nehmen Sie die Wirklichkeit Ihres Lebens an."

Andreas erwiderte zögernd: „Das versteh ich schon. Aber wenn ich über diese Schwelle trete, mich sozusagen in den Schmerz hineinbewege, dann bin ich aber als Yogalehrer kaum noch konkurrenzfähig. Das ist ja genau mein Problem! Im blödesten Fall fange ich auf der Matte an zu heulen. Das kann ich als Schüler machen, aber nicht als Lehrer."

Quantenfeld lachte kurz. „Keine Angst, Sie sind ja kein Krebs. – Wassermänner weinen nicht so schnell, und wenn doch, dann trocknen die Tränen schnell. Zu schnell vielleicht sogar. Wie soll ich es sagen, Sie stellen die falsche Frage. Ihrem Unbewußten ist Ihr Status als Yogalehrer herzlich egal. Wenn Sie also mit ihm kommunizieren und das tun sie, wenn Sie aus dem Kopfstand fallen, obwohl Sie ihn können, dann müssen Sie sich frei machen von den üblichen Schablonen. Das ist ja genau der Sinn des Unbewußten, die Erfahrungssumme der ganzen Menschheit gewissermaßen, daß er neue Horizonte und frischen Wind bringt, beziehungsweise Ihr beschränktes Bewußtsein korrigiert. Astrologisch übrigens der Neptun. Nehmen wir den schlimmsten Fall an: Sie können weder mehr Kopfstand noch irgendeine andere Übung vorführen, weil Sie irgendwann plötzlich bei jeder Yogahaltung das große Zittern kriegen. Yoga als Dauertrigger Ihres Traumas mit Ihrer Mutter, Ihrem Vater, – vorstellbar oder?!"

„Ja, schrecklich", bemerkte Andreas mutlos.

Quantenfeld entgegnete: „Eben nicht! Sie fahren ja auch nicht Auto bei vierzig Grad Fieber! Wenn Sie im Augenblick aus dem Kopfstand fallen, bleiben wir mal bei der realen Situation, dann bedeutet dies ganz einfach dieses, daß die Lösung im Augenblick nicht im Yoga liegt. Ihre verständliche Existenzangst als Yogalehrer ist wie eine Fata Morgana, die Sie von Ihrem wirklichen Problem ablenkt. Sie müßen Yoga deswegen nicht aufgeben, aber richtiges Atmen kann auch ein Holzweg sein, manchmal. Das ist die Botschaft des Unbewußten, im übrigen auch die Aussage des Horoskops. Sie haben Neptun im vierten Haus, im Jungschen Sinne durchaus das Selbst, also die Integration des Ichs mit dem Unbewußten, in Ihrem Empfinden. Was nicht das Gefühl ist, sondern diese kleine, ganz kleine Flamme in der Seele, die den Weg im Dunkeln weist. Da liegt bei Ihnen die Lösung, nicht im Machen, sei es blind oder bewußt. Im Gegenteil, Ihr Bewußtsein verhindert Sie, auch Ihr Körperbewußtsein. Pfeifen Sie ein bißchen darauf oder besser: Pfeifen Sie richtig drauf! Hören Sie auf Ihr wahres und wildes Unbewußtes! Und schauen Sie, was dann passiert."

Andreas lachte verunsichert: „Und das sehen Sie alles aus meinem Horoskop?"

Quantenfeld erwiderte: „Ja. Auch wenn ich Ihnen die astrologischen Details mehr oder weniger erspart habe. Hätte Sie sowieso nicht so wahnsinnig interessiert. Bei manchen muß man lange um den heißen Brei herumreden, ornamental aus-schmücken, bei anderen, wie Ihnen, weniger. Die kapieren gleich das Wesentliche."

Andreas lächelte kurz. „Oh. Was bin ich Ihnen eigentlich schuldig, hab gehört, Sie sind nicht gerade preiswert?!" Der Schäferhund war wieder in das Zimmer hineingekommen und rieb seinen Kopf am Bein von Quantenfeld. Er tätschelte ihn und sagte: „Ja, wir gehen ja gleich raus!" Zu Andreas gewandt sagte er: „Glauben Sie nicht allen Unsinn, der über mich erzählt wird. Mal bin ich teuer, mal billig, mal sauteuer, je nach Klient; und manchmal sogar, so wie heute, freue ich mich ein-fach über die Begegnung. In Ihnen ist noch Leben, passen Sie drauf auf! Und lassen Sie bitte alles stecken!"

Andreas, der schon seine Geldbörse hervorgeholt hatte, steckte sie nach einem Zögern wieder ein. Formal auf Bezah-lung zu bestehen, schien ihm egomanisch, so als würde man nur deswegen ein Geschenk ausschlagen, um sich nicht ver-pflichtet zu fühlen.

„Danke. Auch für den Espresso. Ich fühle mich ein bißchen durch den Wind und muß Ihre Worte erst mal verdauen, glaube ich." Er stand auf.

Auch Quantenfeld erhob sich, seinem deutlichem Alter ent-sprechend etwas mühsam. „Tun Sie das, machen Sie das wirk-lich! Lassen Sie sich Zeit, nehmen Sie sich Zeit! Und dann bin ich überzeugt, werden Sie auch wieder musizieren können!"

Andreas bemerkte perplex: „Oh!" Quantenfeld und sein Hund begleiteten ihn bis vor die Gartentür, mit einem knap-pen Händedruck verabschiedeten sie sich. Dabei fiel Andreas wieder der irritierend laserscharfe und kühle Blick von Quan-tenfeld auf. Die noch vor Minuten gezeigte menschliche Nähe war völlig aus dem Gesicht des alten Mannes verschwunden.

7

Wieder im Auto fuhr Andreas nicht sofort los. Daß ein Astrologe mit dem Besuch eines Wassermanns gerechnet hatte und allein vom körperlichen Augenschein her seine ungefähre Geburtszeit bestimmt hatte, war eigentlich völlig irre. Andreas hatte niemanden erzählt, daß er Quantenfeld besuchen wollte. Er hatte es bis gestern nicht einmal selbst gewußt.

Und auch, daß der Astrologe mit ein paar erklärenden Worten wie ein sezierender Chirurg tief in sein innerstes Leben eingedrungen war, hatte etwas unheimliches. Selbst dann, wenn man Astrologie nicht von vornherein ablehnte. Es war wie eine andere Dimension der Erkenntnis. Aber was Andreas besonders beeindruckte, war der Unterschied der Aura von Quantenfeld, verglich er sie mit der von Pan oder der von Chrystalman. Sowohl der Psychologie-Professor als auch der Yogaguru wirkten von ihrer äußeren Rolle wie besessen, als hätten sie bei aller unzweifelhaften Qualifikation manipulierende Masken vor ihren wirklichen Gesichtern auf. Als würden sie wenigstens ein bißchen die positive Spiegelung durch ihre Schüler benötigen. Während Quantenfeld, gerade wenn seine innere Distanziertheit aufschimmerte, unabhängig und völlig unkorrumpierbar von Erwartungen wirkte; ein wenig wie das unendliche und unfaßbare Meer, das kurz ans menschliche Ufer anbrandete.

Und der alte Mann hatte eine Wirkung auf Andreas: Obwohl er immer noch keine Ahnung hatte, wie er den als vegan angekündigten Workshop trotz seines ganz frischen

Ekels vor Tofu und Ähnlichem morgen leiten sollte, und natürlich vor allem trotz seines Kopfstand-Traumas, war es ihm plötzlich innerlich weniger wichtig.

Er würde irgendwie improvisieren, statt sich jetzt weiter verrückt zu machen und die Folgen, welche auch immer, in Kauf nehmen. So wie er seit vorgestern keine Lust auf angeblich ethisch einzig korrektes veganes Essen mehr hatte, eigentlich Ekel davor verspürte, so hatte er nun, in einem größeren Maßstab sozusagen, einen Widerwillen davor, sein Leben zu kontrollieren. Sollte doch passieren, was passierte.

Und er hatte ja noch die Karten fürs Konzert seiner Ostsee-Bekanntschaft. Wenn er sich beeilte, konnte er es bis zum Abend in die Konzertvilla nahe Leipzig schaffen. Statt sich weiter Sorgen um Morgen und Übermorgen zu machen, würde er dem heutigen Abend eine Chance geben. Er war schon seit Jahren nicht auf einem Konzert gewesen, er hatte echte Lust drauf. Umso mehr, als er keine Ahnung hatte, was ihn erwartete. Um diese Spannung nicht zu zerstören, verzichtete er auf jedes Googeln von Jeanne; irgendein Infofetzen fand sich ja inzwischen über fast jeden im Internet, aber er wollte die unvoreingenommene Erfahrung.

Er fuhr los; ohne betrunken zu sein, fühlte er ähnlich wie ein Betrunkener: Die Konsequenzen seines Tuns waren ihm egal, er fühlte sich frei von Verpflichtungen, eigenen und fremden. „Morgen" war nur noch ein Wort, als hätte ohne irgendwelche Drogen ein seltsam betäubende, seelische Veränderung in ihm stattgefunden. Ohne glücklich zu sein, das war er keineswegs, fühlte er sich immerhin so frei, sich nicht mehr um seine Yogakarriere zu sorgen.

Da der nachmittägliche Münchener Berufsverkehr noch nicht voll eingesetzt hatte, konnte er flott das Stadtgebiet verlassen und auf der Autobahn Richtung Leipzig richtig Gas geben. Sich nicht durch Staus quälen zu müssen, paßte zu seiner neuen Sorglosigkeit; er nahm es als gutes Omen. Nach anderthalb Stunden, in denen seine aufgeputschten Gedanken und Gefühle das erste Mal seit Tagen zur Ruhe kamen – trotz schneller Fahrweise ähnelte seine innere Haltung eher der meditativen „Leichen"-Pose beim Yoga –, machte er einen kurzen Tankstopp an der Raststätte Nürnberg/Feucht-Ost.

Da er außer Frühstück am sehr frühen Morgen nichts gegessen hatte, brauchte nicht nur sein Auto Brennstoff. Mit etwas Überwindung betrat er nach dem Volltanken die Filiale eines *Burger King* und kaufte einen doppelten Hamburger. Vor drei Tagen hätte er nur das Salatblatt und die Tomatenscheibe gegessen, vielleicht noch das Brötchen. Jetzt war es fast umgekehrt: Sein wirklicher Hunger galt dem Fleisch. Gierig vertilgte er den Whopper auf dem Parkplatz vor seinem Auto; mit dem klaren Bewußtsein, daß es eine schlimmere Sünde für einen Veganer kaum geben dürfte. Und nicht nur für einen Veganer, denn es gab keine mildernden „biologischen" Umstände bei diesem industriell hergestelltem Mahl: Die Fastfoodketten beruhten auf gnadenloser und hundertprozentiger Massentierhaltung, darauf, daß Lebewesen nur als Mittel zum Zweck betrachtet wurden, ein Gottesgeschöpf am Ende nur noch als Produkt etwas wert war, als ein normiertes, tiefgefrorenes Stück Hackfleisch.

Dieses Wissen änderte allerdings nichts an seinem Bärenhunger. Da es auf dieser Autobahn-Raststätte keinen Bioimbiß mit Fleisch von artgerecht aufgezogenen Rindern gab, wäre die praktische Alternative für Andreas nur die, gar nichts zu essen. Was aufgrund seiner frischen Erfahrung, zwei Zähne vermutlich wegen ethisch vermeintlich korrekter, aber dafür an Nährstoffen mangelnder Ernährung verloren zu haben, instinktiv nicht in Frage kam. Auch wenn es wegen der hormonbehandelten und mit Antibiotika vollgestopften Tiere, der Menge an Geschmacksverstärkern und Konservierungsstoffen im Fleisch möglicherweise die gesündere Alternative gewesen wäre. Aber Andreas war noch zu angeekelt von seiner kopfgesteuerten veganen Ernährung, als daß er seinen natürlichen Appetit im Augenblick mit Gedanken über Gut und Böse zügeln wollte.

Essen war offenbar die tägliche Handlung, wo jeder Mensch schon in der Kindheit – spätestens bei der ersten Spaghetti Bolognese – und für immer seine Unschuld verlor. Den Tod Bissen für Bissen bewußt zu akzeptieren, bedeutete praktisch auch das Akzeptieren von Kompromissen zwischen eigenem Hunger und dem Mitgefühl für Tiere. So wenig wie Geld stank, wenn man es dringend brauchte, so wenig stank auch Fleisch, egal woher es kam, wenn man echten und wirklichen Hunger hatte. Eine Karriere als Heiliger war zwar dadurch dem Normalsterblichen für immer verbaut, aber dieser existentiellen Schuld des täglichen Essens ohne lügenhaftes Ausweichen in die Augen zu blicken, war Menschen immerhin möglich.

Solche Gedanken begleiteten wie ein geistiges Hintergrundrauschen seinen Imbiß; mit dem Ergebnis, daß er den Burger zwar schnell, aber trotzdem achtsam verzehrte, dem für seinen Hunger geschlachtetem Rind zumindest mit seinem Bewußtsein kurz Respekt erweisend.

Er stopfte sich gerade den letzten Rest der gegrillten Industriebulette in den Mund, zusammen mit einer Tomatenscheibe und einem Gurkenstückchen, als eine Frau von Mitte zwanzig über den Parkplatz auf ihn zukam. Blaßes kleines Gesicht, die langen braunen Haare zu Rastazöpfchen geflochten, ihr schlanker Körper steckte in einer dunkelgrünen Cargojacke. Über der Schulter trug sie eine schwarze Tasche, mit dem weißen Aufdruck: „Verlieb dich nicht in mich!“

Sie lächelte ihn an; sie hatte leichte Ringe unter den Augen, sie wirkte erschöpft. Ihre Stimme hatte einen rauhen Klang: „Hi. Ich hab dein Nummernschild gesehen. Kannst du mich mitnehmen nach Berlin?"

Andreas erwiderte zögernd: „Ich fahre erst mal nur bis Leipzig."

„Wär auch schon gut. Hauptsache ich komm weg hier!"

Er knüllte die leere Whopper-Box mit einer Hand zusammen und öffnete mit der anderen die Beifahrertür: „Okay, steig ein!"

„Danke!" Sie ließ ihre Tasche von der Schulter gleiten und lupfte sich mit einer geschmeidigen Bewegung ins Auto.

Er fuhr los, beide schwiegen zunächst. Andreas hatte keine Lust auf Smalltalk, aber auf eine seltsame Weise erzeugte gerade das Nichtsprechen unmerklich eine vertraute, keineswegs angespannte Atmosphäre zwischen ihnen. Sie hatte den Sitz in eine liegende Position verstellt und schloß nach einer Weile die Augen, offenbar Andreas intuitiv vertrauend. Er schaute hin und wieder von der Autobahn auf ihr feingeschnittenes, katzenhaftes Gesicht, das sehr müde wirkte. Sie hatte ein kleines Piercing in ihren recht vollen Lippen, was ihm zunächst gar nicht aufgefallen war.

Jemanden, den man gar nicht kennt, ungestört aus nächster Nähe betrachten zu können, war in sich schon reizvoll. Als wieder einmal sein Blick über ihr Gesicht glitt, dessen Zartheit Beschützerinstinkte in ihm weckte, öffnete sie plötzlich die Augen und schaute ihn direkt an. Nicht ganz so kompromißlos durchdringend wie Quantenfeld vor ein paar Stunden, aber es strahlte eine ähnliche unabhängige Energie aus ihren Pupillen, mit jugendlich wärmeren Glanz allerdings.

Sie fragte: „Magst du vielleicht Musik anmachen, Radio, irgendwas?!"

Er schaltete das Radio an. Schwermütig verspielte Klavierklänge begleiteten eine intensive, wie leichte Meeresbrandung an die Ohren rauschende weibliche Stimme: „Wallflower, wallflower, won't you dance with me?"

Sie bemerkte: „Wow, zufällig gleich richtig schön …" Andreas erwiderte: „Ja. – Ich fahr übrigens zu einem kleinen Konzert in Leipzig. Hab noch eine Karte übrig. Kannst mitkommen, wenn du willst!?"

„Was für ein Konzert denn?"

„Weiß ich selbst nicht so genau. Also auch eine Sängerin, mit Band. Hab die Karten geschenkt bekommen."

„Lustig, kein *blind date*, sondern ein *blind concert*. Okay, bin dabei!"

Andreas lächelte und fragte: „Und, was treibt dich nach Berlin?"

Sie antwortete nach einer nachdenklichen Pause:

„Abscheu."

„Abscheu'?"

„Ja, vor München, vor meinem alten Job. Ach, Ekel vor allem eigentlich. Ist eine lange Geschichte. Und nicht besonders interessant."

„Ich hab Zeit. Und wenn man sich für jemanden interessiert, ist alles interessant."

„'Interessiert?' Mein alter Chef, Kneipenwirt, hab bis vorgestern in einem Musikcafé gearbeitet, hat sich auch für mich interessiert. Aber ich mich nicht für ihn. Vor einer Woche stand ich am Tresen, nachts, alle Gäste weg, ich mach die Abrechnung und er befummelt mich plötzlich von hinten und knutscht mich am Hals. Einfach so. Da hab ich mich umgedreht, in seine grauen Haare gegriffen und ihm voll eine gescheuert. ‚Sorry!', hat er dann völlig beleidigt gesagt. Mein Vater hat mich als Kind jahrelang, also betatscht, ich krieg sofort einen Haß vor solchen Typen. Ich dachte dann, mit der Schelle wäre die Sache geklärt. Hab eine klare Grenze gesetzt und gut. War sie aber nicht."

„Sondern?", hakte Andreas nach.

„Paar Tage später kam er gegen Ende der Schicht wieder an, wieder waren wir alleine, meine Kollegin war schon weg, er war angetrunken. Heimlicher Alkoholiker, wie so viele in der Gastronomie. Man siehts nicht sofort, weil die meisten so viel vertragen. Sonst wären sie ja auch keine Säufer. Kenn ich alles von meinem Vater. Was sagt er also: Er sei immer noch mein Chef, er könnte sogar mein Vater sein, haha!, und daß mein Verhalten respektlos sei. ‚Mein' Verhalten! Das ginge so nicht. Wenn ich mich nicht anständig entschuldigen würde, könne ich meine Sachen packen. Und ‚anständig' würde bedeuten, daß ich ihm sofort hinterm Tresen einen blasen müßte. Gebe genug Mädels, die sich für meinen Job nicht so zickig anstellen würden. – Das war's dann, ich hab auf seinen Tresen gespuckt und bin gegangen."

„Ist ja ziemlich eklig."

„Normal auch."

Andreas überholte auf der Autobahn eine Lastwagen-Kolonne. „Und du meinst, in Berlin gibts weniger solche Arschlöcher?"

„Natürlich nicht. Aber wenn sowieso fast alle Typen vom Sex besessen sind, dreh ich den Spieß jetzt um und nehm Geld dafür. In Berlin arbeitet eine Freundin in einem reinen Frauen-laden, keine Zuhälter, freie Zeiteinteilung, sehr gute Bezah-lung."

Andreas bemerkte: „Ziemlich krasser Jobwechsel."

„Von außen gesehen vielleicht. Ich find's irgendwie ehr-licher." „Echt?!" Andreas machte ein skeptisches Gesicht.

Sie lachte fröhlich und ein bißchen verzweifelt. „Ist ja auch egal! – Was machst du denn so, für Geld?"

„Yoga. Ich bin Lehrer."

„Yoga? Wow!"

Andreas lächelte abwinkend. Und sagte: „Na gut, da macht man auch die Beine breit, aber sozusagen für sich selbst, nicht für andere. Als Lehrer natürlich auch für andere." Er lachte. „Und in einem weiteren Sinne öffnet man sich über den Körper natürlich psychisch, spirituell oder wie auch immer. Es geht am Ende sicher nicht nur um Fitneß, um geschmeidige Sehnen und kräftige Muskeln."

„Aber wohl auch! Wenn ich dich so sehe jedenfalls."

„Wir leben ja in einer materiellen Welt. Untrainiert würde mich keiner als Yogalehrer ernstnehmen. Ohne definierten Body. Leider ist das so."

Ironisch bemerkte sie: „Das ist bei euch Yogalehrern dann wahrscheinlich so wie bei uns Frauen: Am wichtigsten ist immer das Aussehen ..."

Andreas zog eine belustigte Grimasse.

Sie fragte: „Wie lange brauchen wir noch bis Leipzig?"

„Eine knappe Stunde."

Sie schloß wieder die Augen. „Ich schlaf noch eine Runde, ich bin todmüde."

„Okay, aber wie heißt du eigentlich?"

„Tanja. Und du?"

Im Radio endete gerade das Lied: „Wallflower, wallflower, I am falling in love with you, I am falling in love with you". Er machte das Radio aus. „Andi ... Das war zu schön, um jetzt irgendwas anderes zu hören!" Tanja reagierte nicht, sie war offenbar völlig übermüdet eingeschlafen.

8

Die Navigationsapp auf dem Bildschirm seines *iPhones* lotste Andreas von der Autobahn-Abfahrt in Richtung Konzerthalle, die in einem Leipziger Außenbezirk gelegen war. Tanja schlief zusammengekauert auf dem Beifahrersitz.

Schon Kilometer vor dem Ziel tauchten am Straßenrand an Bäumen und Laternenpfählen metergroße Plakate mit Jeannes Porträt auf. Er erkannte ihr Gesicht, das mit wilden Farbtupfern wie eine indianische Kriegsbemalung besprenkelt war, nicht sofort. Er realisierte erstaunt, daß seine flüchtige Bekanntschaft vom Ostseestrand offenbar schon eine ziemlich bekannte Sängerin war.

Vor der an einem Waldgebiet grenzenden Location, die von der Straße kaum einsehbar war, aber sich laut Navi und Satellitenansicht als ein imposantes Haus an einem See entpuppte, befand sich auf einem Stück Brachland ein voller Parkplatz. Er berührte Tanja sacht an der Schulter: „Wir sind da!"

Auf seine Berührung schoß sie wie von der Tarantel gestochen hoch, ihre Faust sofort in Richtung Andreas erhoben. Er starrte sie entgeistert an: „Hey! Wollt dich nur wecken!"

Sie ließ ihre Hand sinken und entspannte sich wieder. „Tut mir leid! Einfach nicht anfassen. Ohne Vorwarnung. Da rast ich sofort aus."

„Okay." Andreas fuhr auf den Parkplatz; ein Ordner kassierte eine Gebühr von ein paar Euros ab und wies ihnen einen der wenigen noch freien Plätze zu.

Sie überquerten die Straße und betraten das Gelände des Konzerthauses. Der Eingang war mit Barrikaden abgesperrt, ein stämmiger Security-Mitarbeiter überprüfte aufmerksam ihre Tickets und winkte Andreas und Tanja dann zum Gebäude durch. Aufgrund mehrerer Staus auf der Autobahn waren sie etwas spät dran, offiziell hatte das Konzert schon vor einer halben Stunde angefangen.

Der sofort in die Knochen gehende Vier-Viertel-Beat, die dichtgedrängte wogende Menschenmasse, rostrote, an den Widerschein von Feuer gemahnende Lichtblitze auf der Bühne, und vor allem das gewitterähnliche Soundvolumen weit jenseits von normaler Zimmerlautstärke erzeugten beim Eintreten in die Halle – die an ein großes altes Kino ohne Bestuhlung erinnerte –, den typischen und hypnotischen Sog von Live-Veranstaltungen. Egal ob man die Musik mochte oder nicht, körperlich wurde man sofort mitgerissen.

Vorne auf der Mitte der Bühne erkannte Andreas Jeanne, flankiert von ihrer Band: Zwei Gitarristen, ein Bassist mit Mütze, ein Akkordeonspieler mit Hut. Sie sang gerade mit Inbrunst einen Refrain: „Oh-ohh-ohhhh, oh-ohh-ohhhhh!", das Publikum fröhlich mit Handbewegungen auffordernd mitzusingen. Sie trug einen schwarzen Hosenrock und über einem dunklen Hemd eine transparente Bluse mit silbernen Sternchen. Während sie voller Energie herumhüpfte, rutschte das Hemd manchmal hoch und gab ihre nackte Taille frei. Eine dicke Strähne ihres im farblich wechselnden Scheinwerferlicht abwechselnd golden oder kupfern oder bronzefarben oder natürlich brünett aufleuchtenden Haares war vorne zu einem Zopf geflochten. Der Song endete offensichtlich gerade, es wurde für einen Moment etwas leiser. Sie las von einem Zettel auf dem Bühnenboden in gebrochenem Deutsch etwas vor, was er aber bei dem Lärm und weil er mit Tanja noch zu weit entfernt von der Bühne stand, bis auf das Wort „Leben" nicht verstand. Aber die Leute lachten.

Tanja stupste ihn an und sprach laut und dicht an sein Ohr, um überhaupt von ihm gehört zu werden: „Ich hol mal was zu trinken! Was magst du? Bier oder Wein?"

Andreas antwortete zweifelnd, sich ebenfalls dicht zu ihr beugend: „Ich muß doch noch Autofahren."

„Okay, Wasser dann?!"

Auf der Bühne schlug der Schlagzeuger einen einfachen Rhythmus, den der Rest der Band mit erhobenen Händen und zunächst ohne Einsatz ihrer Instrumente mitklatschte: Bum-Bum-Bummm! ... Bum-Bum-Bummm! Dann setzten die Gitarren und der Baß ein, der Synthesizer tönte los, und Jeanne formte mit ihrer Hand eine Art verstärkenden Lautsprecher vor ihrem Mund und begann, auf der Stelle tänzelnd, als Einleitung zum neuen Song eine Melodie mehr zu tröten als zu singen. Es wirkte alles sehr verspielt, aber trotzdem mit einem Andreas sofort verzaubernden Groove.

Jeannes Bühnenpräsenz, die spezielle Aura, die sich um sie verbreitete, wie die Wellen um einen ins Wasser geworfenen Stein und die von den meisten Zuschauern sofort gespürt wurde, und auch von Andreas, hatte nichts mit den Lichtkegeln zu tun, die aufblitzend von oben und hinten die Bühne beleuchteten. Jeannes absichtsloses Strahlen kam von sehr weit und tief innen: Sie war im Moment des Singens ganz sie selbst, wie eine natürlich sprudelnde Quelle, wie das unerklärliche Leben selbst.

Als Kontrast zu seiner arg zerrissenen Psyche wirkte ihre ganzheitliche Erscheinung allerdings auch niederschmetternd. Von Vorstellungen über das richtige Leben getrieben, hatte 15-jähriger Drill durch Yoga zwar seinen Körper durch und durch gestählt und veredelt und damit auch seine Willenskraft und Aufmerksamkeit geschult. Aber wortlos wurde ihm angesichts von Jeannes Stimme bewußt, in der auf seltsame Weise das Unbewußte der Menschheit mitzuschwingen schien, daß er seit langer Zeit offenbar den Kontakt zu seinem eigenen und authentischen Wesen verloren hatte. Es war vertrieben, verdrängt, im Keller, nicht vorhanden. Seiner Seele fehlte der Groove. Im Vergleich zu ihrer Stimme war der intuitive Befund derart eindeutig, daß ihm fast körperlich schlecht wurde.

Dies drängte sich ihm alles komprimiert in den Sekunden auf, in denen Tanja ihn wegen Wasser fragte, so daß er plötzlich seine Meinung änderte und ihr impulsiv ins Ohr rief: „Doch Wein!"

„Weiß oder Rot?"

„Egal!"

Sie lachte kurz und verschwand Richtung der Seitengalerie des Konzertsaals, wo eine Getränke-Theke aufgebaut war.

Der Song vorne auf der Bühne nahm langsam Fahrt auf; Jeanne versank immer wieder für Augenblicke völlig in ihren Gesang, um sich dann verspielt entweder dem Publikum oder einem ihrer Musiker tanzend und lächelnd zuzuwenden. Obwohl er sprachlich praktisch nur wenig von den französischen Liedtexten verstand, war er tief im Herzen von ihrer Stimme gebannt. Es war, als würden sich in ihrem Klang der wahre Horizont seiner eigenen Seele spiegeln, egal ob gut oder böse, traurig oder wütend, entspannt oder besessen. Und dies, obwohl die Anlage nicht perfekt ausgesteuert war und die mannshohen Lautsprecher ein bißchen klirrten und schepperten.

Tanja kam mit zwei Plastikbechern Wein und reichte ihm einen. Sie machten eine Geste des gemeinsamen Anstoßens. Sie sagte: „Versteh kein Wort, aber 'ne total schöne Stimme!"

Er nahm einen kräftigen Schluck Weißwein. „Ja." Jeanne ließ mit einem angewiderten Gesichtsausdruck einen langgezogenen und sehr lauten Schrei aus voller Brust hören, einen richtigen Befreiungsurschrei, mit beiden Händen den in den Nacken geworfenen Kopf an den Schläfen pressend, Teil des Songs offenbar. Dann summte sie wieder entspannt, tänzelte fröhlich herum.

Da Andreas in den letzten Jahren selten sogenannte geistige Getränke zu sich genommen hatte, wirkte der Alkohol praktisch sofort, tatsächlich wie eine bewußtseinsverändernde Droge. Der erste Effekt war eine augenblicklich einsetzende Gleichgültigkeit gegenüber dem, was Tanja über sein Verhalten denken mochte.

Er sagte: „Ich will mal näher ran!" Womit er sie recht uncharmant alleine stehen ließ und sich Richtung Bühne bewegte. Ihm war jetzt der Kontakt zu Jeannes Stimme wichtiger als alles andere; allerdings war es vermutlich dem bißchen Wein geschuldet, derart abrupt seinem inneren Gefühl zu folgen und nicht den Maßstäben konventioneller Höflichkeit zu gehorchen. Wobei Tanja ihn zu verstehen schien und zu seiner Überraschung nicht beleidigt wirkte.

Der Platz vor der Bühne war dichtgedrängt mit Zuschauern, deren wogende Körper mal mehr, mal weniger vom Rhythmus der Musik wie eine Welle bewegt wurden. Als mitschwingendes Teil in einer sei es auch verzückten Menschenmasse aufzugehen, sozusagen die unabhängige Eigenrotation zu verlieren, kam für Andreas instinktiv nicht in Frage. Daher suchte er sich einen Platz am äußersten Bühnenrand, direkt neben einem der riesigen Lautsprecher; wo er zwar keinen guten Blick mehr hatte, sich aber dafür außerhalb der musikalisch vibrierenden Meute befand.

Er lehnte sich dort an einen der holzvertäfelten Pfeiler, die den ganzen Saal entlang links und rechts zu finden waren und das gewölbeähnliche Innendach des Konzertsaals stützten. Er konnte von dieser Stelle aus Jeanne auf der Bühne meistens nur im Profil sehen. Aber das war okay für ihn. Er nahm einen neuen Schluck vom billigen Weißwein und schloß die Augen.

Er geriet in eine zuhörende Trance. Manchmal öffnete er seine Augen und erhaschte mit einem kurzen Blick Jeanne, deren Gesicht von der Lightshow in immer wechselnden Farben aufleuchtete. Je nach der Emotion des Songs wirbelte sie wild tanzend über die Bühne, oft das Publikum mit impulsiven Gesten zum Mitsingen auffordernd, oder sie verharrte in sich gekehrt, mit geschlossenen Augen, anmutig wie eine im Wind sich wiegende Birke, am Mikrofonständer. Aber egal ob im introvertierten oder extrovertierten Modus, es war immer ihre melodiöse, leicht angeraute Stimme, die den ganze Saal und auch Andreas fesselte.

Er fühlte sich allmählich wie benebelt, aber kaum vom Wein, an dem er inzwischen eher nippte, statt zu trinken. Sondern all die wechselnden Emotionen, die Jeanne in ihrem Gesang aufleben ließ, erlebte er als eigene, es war wie eine innere Überflutung. Sang sie ein trauriges Lied, wurde er traurig, sang sie unbekümmert und fröhlich, wurde auch er unbekümmert und fröhlich, versprühte sie Energie, vitalisierte sie ihn auch ihn.

Er hatte eine solche tiefenpsychische Blitz-Übertragung in einer solchen extremen Form noch nie erlebt. Auch wenn es normale Erklärungen für dieses Phänomen geben mochte – Zyniker würden vielleicht Schwärmerei darin sehen, Wissenschaftler Spiegelneurone, Psychologen Projektionen, Ärzte möglicherweise Halluzinationen oder daß er einfach Alkohol überhaupt nicht vertrug –, perlten all solche gängigen Intellektualisierungen als zu armselige Banalisierungen an seinem Bewußtsein ab. Jeannes Stimme hatte eine extreme und unerklärliche Wirkung auf ihn, nur dessen war sich Andreas gewiß.

Um sich besser entspannen und mehr dem Zauber von Jeannes Gesang hingeben zu können, rutschte er am Pfeiler zu Boden und machte es sich im Lotussitz bequem, die Hände hielten dabei locker den Weinbecher in seinem Schoß. Für ihn aufgrund jahrelanger Übung keine knieschmerzende Verrenkung, sondern eine sehr angenehme, zentrierende Haltung. Da er der Einzige war, der in Bühnennähe auf dem Boden hockte – alle anderen wollten offensichtlich etwas sehen, er wollte eher etwas hören –, sah er nun in einem Meter Entfernung von unten auf die Hosen und Hintern der dicht an dicht stehenden Leute, die sich im Rhythmus der Musik bewegten.

Abtauchend in die Musik verlor er völlig sein Zeitgefühl. Die Songs kamen und gingen, von ihnen getragen und mitgerissen driftete er in seelischen Assoziationen ab. Als würde er träumen wechselten ununterbrochen teilweise drastische Bilder und Empfindungen vor seinen geschlossenen Augen: Die spermafeuchten Lippen seiner ersten Freundin wurden als Bild und angenehmes Gefühl grausam überblendet vom zerschossenen Schädel seines Vaters; was wiederum vom Bild seiner Mutter als kleines Mädchen abgelöst wurde, die ihre Hände in das Bettlaken krallte, während ein Mann mit langen Haaren mit seinem ganzen Gewicht auf ihr lag und in sie eindrang. Er sah sich selbst als kleinen Jungen, entsetzt den Haß in den Augen seiner Mutter bemerkend, als sie die Gitarre zerschlug. Daraufhin sah er sich am Meeresstrand vor einer Gruppe aufmerksam in den Dünen sitzender Yogaschüler den Kopfstand demonstrieren. Dann wieder sah er sich auf dem Klo sitzen und lebende Fische aus seinem Darm ins Klobecken drücken, die von dort in den Tiefen der Kanalisation verschwanden. Ununterbrochen brandeten aus seinem Unbewußten verschiedenste und chaotische Inhalte an sein Bewußtsein an. Ein stetiger innerer Film mit wüsten und abrupten Schnitten; immer Empfindungen auslösend, es waren niemals psychisch neutrale Bilder oder Szenen.

Irgendwann bemerkte er erstaunt, daß sich eine zunehmende Wärme über seine gesamte Brust ausbreitete, als sei in Höhe seines Herzens eine Heizsonne eingeschaltet worden. Seine yogageschulte Hypersensibilisierung auf körperliche Prozesse bemerkte diese Veränderung sofort. Auch die Musik hatte sich geändert, Jeannes Stimme erklang nicht mehr, sie war auch gar nicht mehr auf der Bühne. Und die wilde Lightshow hatte sich zu puristischem Scheinwerferlicht beruhigt. Die Musiker improvisierten, offenbar als kleinen Pausenfüller für die abwesende Jeanne, auf jene bekannte Gipsy Jazz Melodie, die ihn an der Ostsee aus dem Kopfstand geworfen hatte: „Minor Swing".

Ehe er sich weiter über die ungewohnte Hitze in seiner Brust wundern konnte, übermannte ihn eine explodierende Traurigkeit, Tränen schoßen ihm ins Gesicht, unaufhaltsam wie Meerwasser, das in ein leckes Schiff eindrang. Sein Kopf sank auf die Brust. Er sah keine Bilder mehr, sondern er fühlte die Verzweiflung seines sich erschießenden Vaters; er sah nicht nur, sondern fühlte die Hilflosigkeit seiner mißbrauchten Mutter; er verstand nicht mehr nur, sondern fühlte auch wieder sein eigenes Entsetzen angesichts ihres haßverzerrten Gesichts. Und mit diesen durchbrechenden Gefühlen, mit denen er zum ersten Mal den Schmerz seines Vaters und seiner Mutter von innen wie als eigenen erlebte, und auch seinen eigenen Schmerz als kleinen Jungen aus der Vergangenheit in die Gegenwart holte, kam eine plötzliche und unendliche Verbundenheit mit seinen Eltern, sich selbst, – und überhaupt allen Menschen.

Andreas hob den auf die Brust gesunkenen Kopf; die Tränen flossen nicht mehr, aber die frappierende Wärme in seiner Herzgegend war geblieben. Er spürte jetzt eine unglaubliche seelische Nähe zu der menschlichen Herde vor ihm, zu all den Leuten, die vor der Bühne wippten und tänzelten, dabei tranken und redeten, johlten, sich küßten, umarmten, sich drängelten und stießen. Hunderte, im höheren Sinn tausende und abertausende Einzelschicksale wogten in der Zuschauermasse vor seinem Auge hin und her, wie Wellen im Ozean. Jeder einzelne Mensch war ein Universum an Erfahrung, ein in der Zeit explodierendes und verglühendes Feuerwerk, voller generationenaltem Leid und kurzem Glück. Es gab niemanden, dieser Gedanke durchströmte ihn wie eine befreiende Gewißheit, der in eine wirklich heile Welt hineingeboren worden war. Traumata in irgendeiner Form schienen der Preis des Lebens zu sein, den jeder auf seine Weise bezahlen mußte, um überhaupt zu existieren.

Und er war teil von diesem menschlichem Spektakel. Er war jetzt bereit, den Preis bewußt zu bezahlen. Mit dem Herzen den Schmerz anzunehmen, seinem sich erschießenden Vater, seiner mißbrauchten Mutter in die Augen zu sehen. Und die Verzweiflung darin auszuhalten, zu akzeptieren, nicht wegzuschieben. Wie seine eigene Verzweiflung auch.

Die Musiker wiederholten den Anfang von „Minor Swing", das Stück ging also dem Ende zu. Andreas kniete sich hin, formte mit den Ellbogen ein Dreieck auf dem Boden, und stemmte sich mühelos wie eine Feder und dennoch stabil wie ein Baumstamm in den Kopfstand. Der Bann war gebrochen, sein Körper wackelte und schwankte nicht mehr. Seine geflossenen echten Tränen hatten ihn für immer von innen stabilisiert, das fühlte er jetzt.

Da er keine Show am Bühnenrand machen wollte, sondern nur einen kleinen Selbsttest, verließ er den Kopfstand wieder, kam kontrolliert auf den Boden und stand in einer fließenden Bewegung auf. Er trank den Rest Weißwein aus und machte sich auf die Suche nach Tanja. Er hatte genug gehört, er hatte das dringende Bedürfnis, das innerlich Erlebte sinken zu lassen und zur Ruhe zu kommen. Jeanne hatte mit ihrer Stimme sein Herz geschreddert und es setzte sich gerade neu zusammen.

Er fand Tanja abseits des Konzertsaals in der Seitengalerie, wo sich an einem kleinen Ausschank nur wenige Leute aufhielten, an einen der Heizkörper unter den Fenstern gekauert vor. Als er vor ihr stand, hob sie den Kopf, lachte und bemerkte mit fröhlicher Verzweiflung: „Oh, Besuch!" Sie prostete ihm mit einem halbvollen Plastikbecher Wein zu, drei leere lagen bereits neben ihr. Obwohl betrunken hatte ihr Blick immer noch eine erstaunlich fokussierende Intensität.

„Hier steckst du!" Er lachte.

Sie bemerkte: „Schöne Musik, aber nicht schön, wenn man einsam ist. Man fühlt sich dann erst so richtig einsam. Grausam. Aber eine tolle Stimme trotzdem."

Andreas hockte sich zu ihr auf Augenhöhe. „Ich will jetzt wieder losfahren. Nach Berlin. Kommst du?!"

„Aber das Konzert läuft doch noch?"

„Ja, aber ich muß morgen früh raus. Yogaworkshop. Und manchmal soll man gehen, wenn's am schönsten ist."

„Am schönsten?! Na, von mir aus! Aber nur, wenns dich nicht stört, daß ich im Auto Sekt trinke. In meine Tasche ist noch eine Flasche, laupisswarm, aber egal!" Andreas nickte und reichte ihr seine Hand. Sie ergriff sie und er richtete sich auf, sie dabei hochziehend.

Tanja schwankte anfänglich, aber war dann erstaunlich sicher auf den Beinen. Als sie den Saal auf dem Weg zum Ausgang kurz durchquerten, heizte Jeanne auf der Bühne dem Publikum wieder mächtig ein. Sie trug inzwischen ein dunkles Kleid, Schenkel und Schultern zeigend und ihre schlanken Waden betonende Stiefeletten.

Lauthals rief sie in die Menge hinein, von begeistertem Gejohle beantwortet: „Est-ce que vous êtes vivant?" So viel Französisch verstand Andreas zumindest: „Seid ihr am Leben?" Sie hüpfte und sprang und drehte sich wie eine wildgewordene Katze auf Baldrian auf der Bühne und sang aus voller Kehle. Die meisten Zuschauer kannten den Song offenbar; mit anspornenden Gesten von ihr animiert, kleine Stellen mitzusingen, hallte der ganze Saal vom Gesang der Masse. Jeanne stampfte auf dem Boden herum, sie strahlte ein echtes Lächeln und rief, in einem kehligen Deutsch: „Lauter! Lauter!!"

Auch Andreas kannte das Lied von irgendwoher. Es war der Song aus seinem Traum am Münchener Isarufer letzte Nacht; es waren die gleichen Textzeilen, die er sich mit seinem rudimentären Schulfranzösisch halbwegs übersetzen konnte.

„Je veux d'l'amour, d'la joie, de la bonne humeur,
C'n'est pas votre argent qui f'ra mon bonheur,
Moi j'veux crever la main sur le cœur."

Wahrscheinlich hatte er den Song irgendwo mal im Radio oder bei jemanden zuhause gehört, und so hatte ihn sein Unbewußtes im Traum abrufen können. Aber seltsam war es schon, etwas zu träumen und es dann in der Realität zu erleben. Es bestätigte sein Gefühl, daß dieser Tag eine Wende in seinem Leben bedeutete, daß eine krasse Metamorphose seiner Person, vielleicht sogar eine Mutation vor sich ging.

Mit einem letzten berührten Blick auf Jeanne, die mit zum Publikum gestrecktem Mikro völlig im Groove war, verließ er mit Tanja den Saal. Sie gingen zum vollen Parkplatz, der sich menschenleer und still im abendlichen Dunkel ausbreitete, begrenzt von Gebüsch, Wiese und Straße. Leichter Regen hatte eingesetzt. Andreas fuhr nach dem Einsteigen nicht sofort los. Er schaute durch die Regenschlieren der Frontscheibe auf den Kotflügel, wo eine kleine Schnecke es sich mit ihrem Häuschen bequem gemacht hatte. Sie mußte vom Gebüsch, an dem er sehr dicht geparkt hatte, abgefallen oder heraufgeklettert sein.

Tanja hatte aus ihrer Tasche eine Flasche Sekt gekramt und drehte jetzt den Korken mit einem lauten Plopp heraus. Sie nahm einen tiefen Schluck und hielt ihm die Flasche mit fragendem Blick hin. Andreas zögerte und trank dann ebenfalls einen tiefen Schluck. Zu lange war er zu vernünftig gewesen in seinem Leben, damit mußte jetzt Schluß sein.

Er sagte: „Wirklich pisswarm, das Zeug!"

Sie lachte. „Trotzdem besser als der Schrottwein da. Bist du verknallt in diese Sängerin?"

Andreas stutzte: „Was?! Nein."

Tanja erwiderte: „Also ja!"

Andreas goß sich noch etwas mehr Sekt in tiefen Zügen in die Kehle.

Tanja rief scherzhaft: „He! Laß noch was drin!"

Andreas reichte ihr die Flasche zurück. „Nicht verliebt. Es ist schlimmer. Sie hat mein Herzchakra geöffnet. Ja, das glaub ich wirklich. Mit ihrer Stimme, das ist unfaßbar."

„Herzchakra? Was soll das denn sein?"

„Ich kanns nicht erklären. Sorry. Manche Sachen muß man erleben."

Tanja lachte ein etwas rauhes Lachen. Sie legte ihre Hand direkt auf den Reißverschluß seiner Jeans. „Das kapier ich. Aber die Sache ist doch die: Mich kannst du ficken. Sie nicht."

Andreas sah Tanja an. Sie war angetrunken. Und ihre inneren Augen sahen ihn nicht wirklich an, sie war nicht verliebt in ihn. Aber ihre warme Hand auf seinem Schoß zeigte Wirkung. Sie beugte sich an sein Ohr und hauchte: „Ich mach dich schon an, oder?!"

Er griff ihren Kopf und drückte ihr einen Kuß auf die Lippen, den sie warm und willig erwiderte. Dann löste sie sich abrupt. Sie sagte: „Nicht, daß du jetzt was Falsches von mir denkst. Auch eine Nutte hat ihre Ehre. Nur gegen Kohle! Ich muß mich auf mein neues Leben einstimmen!"

Andreas lachte ungläubig: „Was?! … Gib mir noch mal!"

Tanja reichte ihm wieder die Flasche. „Ja. Hundertfünfzig, und du kannst machen, was du willst. Alles. Und so oft du willst. Sonderangebot aus Sympathie."

„Du bist total betrunken!"

„Kann sein, kann gut sein. Das ändert aber nichts!"

Andreas schwieg. Seine Exfreundin hatte ihn vor ein paar Tagen verlassen, also auch sexuell aussortiert, weil er kein Veganer mehr war. Verglichen damit war Tanja eigentlich ein totaler Lichtblick: Statt Sojaprodukte zu fressen, verlangte sie von ihm nur Geld für Sex. Das kannte er noch gar nicht, er hatte bisher keine Prostituierte in seinem Bekanntenkreis. Ihm fielen die fünfhundert Euro ein, die er für den Astrologen Quantenfeld abgehoben hatte, der aber gar kein Honorar von ihm gewollt hatte. Das konnte alles kein Zufall sein.

Sein neues menschliches Empfinden leitete ihn wie ein leuchtender Stern in der Nacht: Er hatte es satt, als esoterischer Engel durch das Leben zu ziehen. Das war er nicht, das war niemand. Er kramte aus seiner Jacke die fünf grünen Hundert-Euroscheine hervor und gab sie ihr zusammen mit der Flasche Sekt.

„Okay, hier. Etwas mehr. Weil du mir auch sympathisch bist!"

„Cool, Mann!" Sie beugte sich wieder zu ihm und gab ihm einen feuchten und hingebungsvollen Kuß. Dessen warme Intensität ihn zutiefst schockierte, denn seine Exfreundin Lena hatte ihn nie derart dahinschmelzend und heiß geküßt, wie Tanja jetzt. Aber so wie Geld letztlich nicht stank, stanken zu seiner Überraschung auch käufliche Küsse nicht.

9

Der Vordersitz eines Autos auf einem öffentlichen Parkplatz war kein Ort für ausgedehnte Liebesspielereien, es war eine kurze aber heftige Nummer zwischen ihnen gewesen. Er fuhr jetzt seit einer Viertelstunde auf der nächtlichen und leeren Autobahn Richtung Berlin. Tanja schlief völlig betrunken auf dem nach hinten gekippten Beifahrersitz; ihre Hose und Slip lagen zusammengeknüllt auf der Fußmatte, ihr nackter, ihm zugewandter Po wurde nur halb von dem Anorak bedeckt, den sie noch trug.

Während er fuhr, warf er manchmal einen nachdenklichen Blick auf dieses nackte Stilleben. Als er sie gierig genommen hatte, hatte er mit seiner Körpererfahrung bei der ersten Berührung realisiert, daß ihre Schultermuskeln völlig verhärtet waren. Es hatte ihn nicht vom Sex mit ihr abgehalten, aber ihm war sofort klar gewesen, trotz ihrer sexuellen Willigkeit, daß sie nicht glücklich sein konnte. Zufriedene oder gar glückliche Menschen hatten niemals derart fast steinharte Schultern, das gab es einfach nicht. Chronische Verspannung leitete sich aus ständiger Wachsamkeit ab, das sympathikotone Nervensystem wurde niemals abgeschaltet. Als körperlicher Dauerzustand signalisierte dies letztlich verborgene Angst, vor was oder wem auch immer.

Weil er dieses innere Drama gespürt, aber sich trotzdem nicht darum gekümmert hatte, ausgeliefert seiner Geilheit, hatte er sich in einem tieferen menschlichen Sinn mit dem vollzogenen Sex schuldig gemacht, trotz der Bezahlung. Nicht juristisch schuldig, auch nicht nach normalen moralischen Maßstäben schuldig – schließlich hatte sie sich ihm angeboten und war eine volljährige Erwachsene –, aber mit offenem Herzen betrachtet, war es eine echte Sünde. Nicht die Details, daß er sie hart und heftig genommen hatte, es hätte auch soft und lang sein können, auch nicht das Geld, völlig egal, – sondern daß er es überhaupt getan hatte.

Und gleichzeitig war es ehrlich gewesen, daß er über sie gebeugt seine Hände in ihren Arsch gegraben hatte und völlig getrieben in sie eingedrungen war. Als authentischer Mann war er ein Sünder, hätte er sie stattdessen in Ruhe gelassen, wäre er ein Heiliger gewesen, aber ein verlogener. Er hatte seine Wahl getroffen, sicher nicht zuletzt unter dem Einfluß der Musik von Jeanne: Denn Echtheit war am Ende das wahre Geheimnis ihrer Stimme. Aber er verspürte eine tiefe Demut in sich wachsen, als wäre das Annehmen der menschlichen Schuld der Preis des wahren Lebens. Der Satz von Jesus kam ihm in den Sinn und er verstand ihn jetzt auf eine viel lebendigere Weise als früher im Religionsunterricht: Daß Zöllner und Huren eher in den Himmel kämen, denn – auf heutige Zeit bezogen: selbstgerechte Medienstars oder heilige Yogagurus.

Andreas stoppte seine gedanklichen Meditationen, Tanjas immer noch unbedeckter Po weckte seine Beschützerinstinkte.

Witzigerweise ganz ähnlich wie vor ein paar Stunden ihr müdes Gesicht mit den geschlossenen Augen es getan hatte.

Er fuhr kurz von der Autobahn auf einen unbewirtschafteten kleinen Rastplatz ab, stieg aus, holte aus dem Kofferraum seinen Schlafsack, rollte ihn aus und legte ihn über Tanja schlafenden Körper. Dann gab er Gas; am nächsten Vormittag begann sein Yogaworkshop und er brauchte nicht nur noch ein bißchen Schlaf, sondern er wollte auch einige wichtige Veränderungen vor Kursbeginn in seinem Studio durchführen. Er wußte jetzt, was er zu tun hatte.

Weit nach Mitternacht kam er in Berlin an. Seine Wohnung lag im dritten Stock im Seitenflügel eines Hinterhofs, in dem sich parterre auch sein Yogastudio befand. Beruf und Wohnen nur einen Katzensprung entfernt, zumindest äußerlich zeigte sein Leben große Harmonie. Tanja war immer noch im volltrunkenen Tiefschlaf. Er überlegte kurz, sie einfach im Auto liegen zu lassen, entschied sich aber anders. Er war kräftig, sie war zierlich. Er bugsierte ihren aufwärts bis zum Bauch nackten Körper zunächst vorsichtig in den Schlafsack, hob sie dann wie einen zusammengerollten Teppich vom Beifahrersitz auf, es ging leichter als vermutet, legte sie sich über die Schulter und trug sie hoch in seine Wohnung. Dort legte er die nach Alkohol stinkende junge Frau im Schlafzimmer auf dem Bett ab, stellte seinen Smartphone Wecker auf sechs Uhr morgens und schlief auf dem Wohnzimmersofa auf der Stelle ein.

Andreas war noch vor dem elektronischen Signal bei beginnender Morgendämmerung aufgewacht. Er hatte kurz nach Tanja geschaut, die noch fest schlief und war dann ohne Frühstück oder Morgentoilette in sein Yogastudio gegangen. Dort hing er als erstes im Eingangsbereich das plakatgroße Foto von Pattabhi Jois ab, das den Begründer des Ashtanga Yoga als jungen Mann zeigte: Nur bekleidet mit einem Lendenschurz, mit perfekt muskulösem Körper, in der klassischen Yogastand-haltung „Samasthiti". Dann ging er in den Übungsraum, die „Shala", durch große Fenster lichtdurchflutet, mit Parkett-boden, und nahm eine kürbisgroße „Ganesha"-Figur aus Mes-sing, einen menschlichen Körper mit Elefantenkopf und vier Händen, vom Fenstersims. Er brachte den hinduistischen Gott der Weisheit und des guten Gelingens und der Kraft, der in vielen Yogastudios weltweit als Glücksbringer herumstand, in die Abstellkammer.

Ihm war gestern Nacht auf der Autobahn ohne jeden Zwei-fel und blitzartig klargeworden, wie oft typisch bei intuitiven Erkenntnissen, daß er weder im Herzen noch im Kopf ein Hindu war. Und es auch dann nicht wurde, wenn er zwei Stun-den täglich Yoga ausübte. So daß es einen extrem gekünstelten Touch hatte, auf Schritt und Tritt seine reale Lebenswelt mit fernöstlichen religiöse Symbolen zu schmücken. Er mochte „Ganesha" zwar als Kunsthandwerk, es war eine schöne Figur mit Intarsien und ziemlich wertvoll, aber er fühlte sich seelisch und geistig sofort wie befreit, als er die kleine Statue auf ein Regal neben Besen, Wischmopp und Staubsauger gestellt hatte.

Das Abhängen des fast mannshohen Guru-Fotos vom weltweit verehrten Idol des Ashtanga Yoga war ähnlich moti-viert: Er bewunderte zwar aufrichtig auch jetzt noch alle traditionellen Yogameister, aber er konnte sie im Ernst nicht anbeten, dachte er nur eine Sekunde darüber nach. Und ein Porträt-Foto, von wem auch immer, das an prominenter Stelle im Studio hing, als sozusagen leuchtendes Vorbild, schien ihm seit gestern Nacht, seitdem er mit seinem wahren Empfinden und nicht mehr mit seinem Intellekt urteilte, reinster und eigentlich peinlichster Personenkult. Seine wahren spirituellen Wurzeln waren einerseits abendländisch aufklärerisch und andererseits zenbuddhistisch götterlos. Wenn er sie ernst nahm, und das tat er gerade in dieser frühen Morgenstunde, konnte er weder einem Elefantenmenschengott noch einem halbnackten Yoga-Guru devote Ehre erweisen.

Zudem die Anbetung von Pattabhi Jois durchaus konkret zu verstehen war: Andreas hatte Anfang der Nuller Jahre einen Yoga Workshop in New York mitgemacht, mit hunderten von Teilnehmern, wo am Ende des Unterrichts die meisten Schüler, Amerikaner und Westeuropäer wie er selbst, tatsächlich die Füße des alten Mannes aus Indien küßten, der freundlich auf einem Stuhl thronte. Andreas hatte es nicht getan, aber er war fasziniert davon gewesen, wie schnell Menschen, die offiziell aus einer Kultur der Aufklärung kamen, eben diese kritische Intelligenz für ein bißchen Nestwärme opferten und sich buchstäblich in den Staub warfen. Während ihm schon damals neben dem Charisma und dem freundlichen Glanz in den Augen auch das Glitzern der *Rolex* am Handgelenk des Gurus aufgefallen war.

Und trotzdem hatte auch Andreas fünfzehn Jahre gebraucht, um die Konsequenzen zu ziehen und das Bild des Meisters abzuhängen und wegzustellen. Das hieß, die spirituelle Renovierung seiner Yogaschule in Angriff zu nehmen. Es ging ihm ja nicht darum, jahrtausendealtes Yoga neu zu erfinden. Auch das Rad mußte man nicht immer wieder erfinden. Sondern darum, Yoga auf einer authentischen persönlichen Basis zu praktizieren und zu lehren. Eben nicht als Hindu, auch nicht als verkappter oder wahlverwandter, sondern als westlich geprägter Abendländer.

Mit dem Entfernen des Bildes des Gurus als junger Mann und als körperlich perfekten Yogi allein war es nicht getan. Das abgehängte Foto hatte auf der weißen Wand dahinter eine hellere Fläche zurückgelassen, die Andreas nun mit eigenem Inhalt füllen mußte. Denn irgendein Bild brauchte man und machte man sich als Mensch immer. Und vor allem als Leiter einer Yogaschule konnte man nicht auf orientierende Symbole verzichten. Damit die Studenten wußten, worauf sie sich einließen. Die brennende Frage war eben nur: Welches Bild hing man am Ende auf?

Andreas hatte auf der nächtlichen Autobahnfahrt von Leipzig zurück nach Berlin darauf die intuitive Antwort gefunden. Wie so viele andere Menschen vor ihm. Es gab tatsächlich eine vereinigende Schnittmenge zwischen westlich kritischem und östlich spirituellem Bewußtsein, zwischen den beiden Herzen in seiner Brust. Eine Vereinigung, die millionen- wenn nicht milliardenfach Bild geworden war: Der meditierende Siddharta Gautama, im Volksmund Buddha genannt, verkörperte genau das Gleichgewicht zwischen höchster Intelligenz und tiefster Authentizität, das sowohl dem analytischen westlichen Denken als auch der synthetischen östlichen Gesamtschau gewachsen war. Und soweit Andreas wußte, hatte Buddha keinen gesteigerten Wert darauf gelegt, daß irgendwer ihm die Füße küßte. Im Gegenteil war Augenhöhe zwischen Menschen und nicht Unterwerfung sein Programm.

Um sein begonnenes Werk zu ende zu führen, mußte Andreas jetzt in den vollgestellten Keller. Zwischen zwei Umzugskisten eingeklemmt befand sich dort in einem Pappzylinder ein eingerolltes Poster, das er auf einem Thailandurlaub in Bangkok spontan gekauft hatte. Es zeigte Buddha, der auf einer zusammengerollten Schlange meditierte, deren siebenköpfiges Haupt sich wie ein schützendes Schild hinter seinem Kopf aufrichtete.

Er ging mit dem Fundstück wieder ins Studio. Andreas hatte nie gewußt, warum er dieses Poster vor Jahren erworben hatte, ohne es dann jemals aufzuhängen. Aber sein Unbewußtes hatte es offenbar schon gewußt und schien nur darauf gewartet zu haben, bis die Zeit reif war.

Als Andreas das Plakat jetzt aus der Papphülle zog und ausrollte, deckte es tatsächlich von der Größe genau die freie Fläche ab, die das abgehängte Foto des Gurus hinterlassen hatte. Es waren kleine Zufälle dieser Art, die Andreas eben nicht an Zufälle im Leben glauben ließ. Er pinnte das Poster provisorisch mit Reißnägeln an der Wand fest.

Äußerlich mochte diese Aktion keine große Sache sein, er tauschte ja praktisch nur ein Bild gegen ein anderes aus. Zumal für viele der Unterschied zwischen einem meditierenden Buddha und einem halbnackten Yogi eher haarspalterisch klein sein dürfte, bedeutungslos angesichts der Gemeinsamkeit, daß beide ja „irgendwie östliche Spiritualität" verkörperten.

Und doch war es für Andreas gleichsam ein Quantensprung und eine echte öffentliche Ansage. Denn zwei Dinge drückte er mit diesem Bildertausch im Eingangsbereich seiner Schule aus: Zum einen ließ sich das Bildnis des Buddhas überhaupt nicht mehr mit narzißtischem Körperkult in Verbindung bringen – wie es bei dem zur Schau gestellten Körper eines Yogis durchaus möglich war. Und zum anderen bot Buddha, weil als Figur schon viel zu mythisch und auch zeitlich viel zu sehr der Gegenwart entrückt, keinen echten Andockpunkt für egomanischen Personenkult.

Und dann hatte Andreas noch eine kleine Eingebung, die er kurzentschlossen umsetzte. Er griff sich einen der dicken schwarzen Filzstifte, mit denen Schüler ihre Matten namentlich markieren konnten und fing an, auf dem Poster um den meditierenden Buddha herum Symbole zu zeichnen. Und zwar die Symbole der Weltreligionen: das christliche Kreuz, den islamischen Halbmond mit Stern, die hinduistische

„Om"-Silbe, den jüdischen Davidstern, das russisch orthodoxe Kreuz, das buddhistische Dharmarad.

Er begutachtete sein Werk. Bis auf ein paar unharmonische Farbverdickungen waren die Symbole mit schönem Schwung gemalt und klar zu erkennen.

Wer auch immer jetzt die Tür seines Studios öffnete, konnte sicher sein, ein Blick auf das Poster würde genügen, daß keine der Lehrer sich für einen Halbgott oder besseres hielt. Und daß jeder willkommen war. Dies war für Andreas die vermittelte demokratische Botschaft des Bildes. Er trat zurück, warf noch einmal einen Blick auf den Schlangen-Buddha, „Naga-Buddha", aufgepeppt durch seine gezeichneten Symbole und war zufrieden. In einer Stunde würden die Schüler zum Workshop eintrudeln. Es war gespannt, wie sie, oder ob überhaupt, auf diese kleinen optischen Veränderungen im Studio reagieren würden.

Er kaufte im nahegelegenen Supermarkt ein Sechserpack Eier, Avocados, Biospeck und frische Kräuter und ging wieder nach oben in seine Wohnung. Wo Tanja inzwischen am Küchentisch saß, mit nassen Haaren, offenbar frisch geduscht. Sie hatte eine aufgebrühte Tasse Espresso mit viel Crema aus seiner Maschine vor sich.

„Hey!" Sie lächelte ihm unsicher zu.

„Na, gut geschlafen?", fragte er.

Sie nickte und sagte: „Ich hab einen totalen Filmriß wegen gestern".

Er lachte „Echt? Frühstück, Omelett?" Er zeigte auf seine Einkaufstüte.

„Ja, gerne. Wir hatten Sex, oder?"

„Ja."

Sie schüttelte den Kopf. „Ich kann mich kaum erinnern. Ich muß aufhören zu saufen!"

„Bestimmt besser." Andreas setzte eine Pfanne auf den Herd und schlug Eier auf. Normalerweise frühstückte Andreas vor Workshops Congee, stundenlang gekochten Reisbrei, der sättigte, aber überhaupt nicht schwer im Magen lag und sofort verdaut wurde. Aber diesmal hatte er vor dem Einschlafen verständlicherweise nicht daran gedacht, Wasser und Reis in einen Topf zu schütten und über Nacht kochen zu lassen. Außerdem schienen ihm Eier nach zwei Jahren veganer Ernährung geradezu eine Götterspeise.

„Ich muß aber gleich wieder los, hab einen Yogaworkshop unten in meinem Studio."

Sie nickte. „Okay. Eigentlich würd ich ja gerne mitmachen, aber ich bin noch total breit."

Andreas grinste: „Ich hatte mal einen totalen Säufer als Schüler. Echtes Anonyme Alkoholiker Trink-Niveau. Der hat mit viel Restalkohol im Blut, total verkatert, Kopfstand gemacht, problemlos. Hat allerdings irgendwann ganz aufgehört zu trinken."

Tanja lachte. „Krass!"

Eine Stunde später lehnte Andreas in seinem Yogastudio an der Wand neben „Naga-Buddha". Vor ihm standen und hockten im „Teeraum", wie der Eingangsbereich mit Sofa, Sitzkissen, Thermoskannen mit Tee und haufenweise Tassen auf einem Tablett, von den Schülern genannt wurde, knapp zwanzig angemeldete Kursteilnehmer. Viele bekannte Gesichter aus seiner Schule, aber auch ein paar unbekannte Leute. Vom Alter her breitgestreut zwischen Anfang zwanzig bis Ende fünfzig.

Er lächelte in die Runde: „Ich muß kurz auf eine Änderung hinweisen. Ich hab ja für diesen Workshop vegane Ernährung angekündigt. Ist gecancelt. Will nicht zu sehr in die Details gehen, auch keine Diskussion anzetteln, – weil wir sind ja hier, um Yoga zu machen. Aber ich habe, vermutlich aufgrund von zwei Jahren strikt vegan essen, zwei Zähne verloren. Sind einfach weggebröselt, Kalziummangel wahrscheinlich. Ich kann deswegen jedenfalls nichts mehr fördern, was ich für potentiell schädlich halte. Ihr kriegt natürlich auch alle das dafür einkalkulierte Geld wieder zurück. Ist allerdings nicht viel, 10 Euro pro Nase. Denn vegan ist – industrielle Sojaprodukte, Getreide – tatsächlich letztlich sehr billig. Auch wenn es teuer präsentiert und verkauft wird.

Alles sehr kurzfristig, ich weiß, und das tut mir leid. Da es aber kein Fasten-Workshop ist, habe ich für diesmal einen Lieferservice organisiert, zu guten Konditionen für euch. Die dann auch vegan anbieten. Meine Erfahrung muß ja nicht eure sein."

Andreas sah viele überraschte Gesichter, ins allgemeine Stimmengewirr hinein fragte eine blutjunge Russin, eine Hardcore Ashtangi, die jeden Tag kompromißlos praktizierte: „Was ist eigentlich mit Guruji passiert?" Sie machte eine Geste zum neuen Buddha-Poster.

Andreas lächelte. „Er ist vielleicht mutiert?! – Ich bin es jedenfalls. Yoga geht zwar durch den Körper, aber endet da nicht. Dafür gefällt mir Buddha als Bild besser als jemand in einer Yogapose. Sei es auch der Meister des Ashtanga höchstpersönlich."

Für einen Moment war es mucksmäuschenstill im Yogastudio. Andreas Worte waren für viele, die regelmäßig nach Indien pilgerten oder vorhatten, dorthin zu pilgern – zum Enkelsohn des verstorbenen Gurus, der die „Lehre" und „Tradition" fortsetzte – nahe an einem Sakrileg. Dann lachte jemand fröhlich; ein jungenhafter Kanadier, Jimmy, extrem durchtrainiert, extrem im Yoga engagiert, und von sehr warmherzigen Wesen. Er sagte: „Cool, I'm in!"

Damit war das Eis gebrochen. Ein typischer Fall von Gruppendynamik. Einer konnte, wenn er den richtigen unbewußten Ton traf, wie von Zauberhand alle beeinflussen. Andere lachten plötzlich auch. Entspannung machte sich wieder breit.

Andreas zwinkerte Jimmy zu. Er hatte die Gruppe emotional auf seiner Seite. Seine Existenz als Yogalehrer war nicht von heute auf morgen beendet oder gefährdet, wie er insgeheim befürchtet hatte. Sondern es schien tatsächlich eine Chance zu geben, von den offenen Reaktionen der Schüler her, innerhalb der Tradition seinen eigenen Weg zu gehen. Denn es war ja nur das Künstliche, das auf die Seele Aufgepfropfte, das blinde Übernehmen einer Religion, das Imitieren unverstandener Spiritualität, – vor allem bei den Schülern, was ihn so anwiderte, nicht die Yogagurus als Personen. Sie waren wahrscheinlich alle ganz okay.

Diese intensive allergische Reaktion auf spirituelle Falschheit hatte etwas mit der Echtheit von Jeannes Stimme zu tun; ohne das Konzert, so viel war ihm an diesem Morgen unbewußt zumindest klar, hätte ihm der Hintergrund des Authentischen gefehlt, an dem das Falsche erst als Falsches aufscheint. So hing tatsächlich alles mit allem seltsam verwoben zusammen.

Er sagte: „Bis auf die Bilder oder Nicht-Bilder und die Ernährung ändert sich eigentlich nichts. Ist natürlich schon eine ganze Menge!" Andreas lachte. „Genug gequatscht! Fangen wir einfach an. Pranayama, auf geht's!"

Eine Frau über Vierzig, Architektin und Mutter von zwei Kindern, zeigte zur Tür: „Da kommen noch ein paar!"

Andreas erkannte sie erst auf dem zweiten Blick, zu unerwartet war ihr Besuch. Es war tatsächlich Jeanne, die, ihren Husky an der Leine, gemeinsam mit drei Männern das Studio betrat. Einer war vom Typ ein großer und schwerer Bär, der andere schlank und rank, der dritte mit normaler Figur. Als Yogalehrer scannte er automatisch die Körper von Menschen ab.

Ihr Gesicht war ungeschminkt, sie lachte fröhlich, ihr Hund bellte zur Begrüßung und wedelte mit dem Schwanz. „Do you remember me? East Sea?!"

Sie hatte offenbar keine Ahnung, daß er auf ihrem Konzert gewesen war. Wie auch, es waren ja bestimmt tausend Leute dort gewesen. Und was ihre Stimme mit seinem Leben angerichtet hatte, dürfte sie noch weniger ahnen. Für einen Moment war er sprachlos.

„Of course, I do!" Er ging auf sie zu, sie umarmten sich kurz. Sie zeigte auf die Männer, die sich etwas unsicher im Hintergrund hielten: „My band. We all want to learn head-stand!"

Andreas lächelte. „This wish seems to be like a virus. But you are at the right place!"

Jeannes Blick fiel mit Interesse auf das Poster des Schlangenbuddhas, vor allem auf die hinzugezeichneten Symbole der Weltreligionen, zumindest als Bilder einträchtig nebeneinander existierend. Offensichtlich angenehm überrascht, bemerkte sie: „C'est cool!"